臺南作家作品集

記持開始食餌

柯柏榮 著

市長序

文學為鏡而照見古今，人文薈萃乘南風拂來

由文化局所出版的「臺南作家作品集」，自二〇一一年起，每年一輯，今年已是來到第十輯，在過往所收錄並出版的作品集，成冊集結宛如將夜空璀璨閃爍的星芒，十年光景凝縮其中，除了搜羅上一代優秀的文學作品，更鼓勵下一代的在地創作，促使「文學」化為一面明鏡，不只照見文壇的古往今來，也映照出臺南隨時代而變遷的種種樣貌。

臺南敦厚的風土人文，在賢人雅士們的筆耕墨耘下，篤實地刻寫在冊冊扉頁上。幾百年來，隨之所積累出的文藝涵養，有時藉以傳統戲劇的身段、台步，搭配著鑼鼓的喧嘩樂音，生動地演繹了對這片土地的文史情懷；作家們透過小說、散文，書寫在地的日常風景，讓人們對古都的記憶得以延續而流傳；時有詩人朗讀的細軟呢喃之聲，讚嘆著南方季節的更迭與自然環境的萬千變化——歷史如大河奔流、氣勢磅礡；先賢有云：「為天地立心，為生民立命，為往聖繼絕學，為萬世開太平。」時代如巨輪，永恆輪轉——皆是對文化傳承重要的體現，亦是身為後代所應一肩扛起，承先啟後的重任。

此次出版的作品當中，柯柏榮《記持開始食餌》為臺華雙語現代詩，展現臺語及華語的成熟運用流暢精彩，讓更多讀者得以親近臺語書寫；陳崇民《亂世英雄傾國淚》

為難得的傳統臺語歌仔戲及布袋戲劇本創作，語言書寫精通純熟、歷史細節考據詳細且人物描繪深入；連鈺慧《月落胭脂巷》臺語小說文筆靈巧生動，劇情跌宕起伏引人入勝；資深作家張良澤教授彙集其創辦的《臺灣文學評論》中的編輯手記《素朴の心》，以及清華大學研究生顧振輝的論文《電波聲外文思漾——黃鑑村（青釗）文學作品暨研究集》，顯見臺南仍有許多尚待發掘的文學作家作品。

臺南是一處人才輩出的沃土寶地，不斷孕育出新一代的創作者，藉以詩歌、散文、劇作、小說等文體，演繹詮釋他們眼中的風景，多元文風和題材也讓臺南的藝文愈發茁壯、弦歌不輟、得以灌溉出這片茂盛蓊鬱的文學之森。人文薈萃如乘南風拂來，期許下一個十年，又見臺南文學枝繁葉茂、花開繽紛之時的到來。

臺南市長

局長序

此時的文學　彼時的人生流轉

南風吹拂，翻動寫滿詩牆的文字，不知不覺便隨風吟唱起悅耳的詩句。我們穿梭於總是鬧熱沖沖滾的古老城市，遙想四百年來的歷史逐一搬戲在野臺上粉墨登場直至一曲終了，心潮仍然澎湃久久無法散去餘韻。屬於這塊土地的語言如蝴蝶般飛舞躍動，落足於紙張上的筆墨化為精采生動的故事。詩、散文、小說、戲劇……許許多多的文學創作在此地滋養茁壯，形成臺南文學的獨特魅力。

時光荏苒，歲月如梭，轉瞬之間臺南作家作品集至今來到第十個年頭。本年度徵集收到十件作品，經審查評選後，最終選出三件優秀入選作品，加上二件推薦邀稿，總計收錄五件優秀作品。

臺語詩人柯柏榮的詩集《記持開始食餌》，字字鏗鏘，擁有能撼動讀者靈魂的穿透力；本名連鈺慧的臺語小說家小城綾子的臺語小說集《月落胭脂巷》，故事取自日常亦回歸日常，角色對白生動活潑，刻畫出世間的百態與人情冷暖；長義閣掌中劇團藝術總監的劇作家陳崇民的戲劇劇本《亂世英雄傾國淚》中收錄的歌仔戲與布袋戲劇本，如自古典的題材與臺灣歷史中穿壁引光，每一幕都讓人目眩神馳、如癡如醉。

而與臺南文學結下良緣的留臺學子顧振輝，其作品《電波聲外文思漾——黃鑑村（青釗）文學作品暨研究集》，是將無線電研究學界的學者黃鑑村，在過去曾發表過的作品重新梳理，替臺灣大眾小說自戰後消失的二十年當中，補上另一段極為重要的史料拼圖。

此外，在臺灣文壇有著舉足輕重的影響力，同時是知名作家的張良澤教授所創辦、編撰的《臺灣文學評論》中，每期為刊物所寫下的編者手記〈素朴之心〉，見證了臺灣文學的演進變化，也將讀者、作者，甚至是編者之心牽繫一起。

除此之外，本次評審入選作品皆為臺語佳作，可見臺語一點一滴地在本市扎根發芽茁壯，終於綻放如鳳凰花熱情、蘭花般優雅的優秀文學作品。母親的語言喚醒我們對鄉土的熱愛，透過文字的傳遞，紀錄人生的過往與未來的期望，並且更加珍重愛惜身邊的人們與事物。

時間流轉不息，臺南的前世今生依舊令人著迷不已。文學穿梭時空活躍於這座歷史悠久的土地，彼此交會形成心中最眷戀的文學城市。

臺南市政府文化局　局長

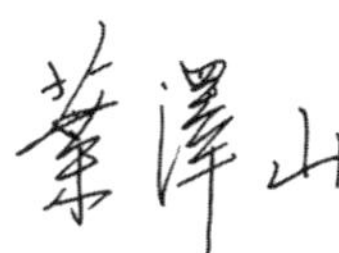

總序
堅持的力量

文／陳昌明

網路時代，紙本印刷不易，作家作品集的出版亦受質疑。當各縣市作家作品集逐漸落幕，臺南市政府文化局卻能持續挖掘優良作品，堅持的態度才是讓文化生長的力量。

此次作家作品集共有五冊。其中兩冊是推薦邀稿，屬前輩作家的文獻整理出版，一是顧振輝整理的《電波聲外文思漾——黃鑑村（青釗）文學作品暨研究集》，一是張良澤《素朴の心》。徵集則由十件作品中選出三件，分別是連鈺慧《月落胭脂巷》、柯柏榮《記持開始食餌》、陳崇民《亂世英雄傾國淚》。

《電波聲外文思漾——黃鑑村（青釗）文學作品暨研究集》是兩年前清華大學劉柳書琴教授寄來給我，她指導研究生顧振輝發表的論文，我看完後頗為驚訝，這本論文讓我看見日治時期的臺灣劇本與一九五〇年代的科幻預言小說，資料極為珍貴。黃鑑村筆名青釗，曾就讀臺南一中，先後創辦無線電傳習所及《無線電界》，是臺灣無線電技術的開拓導師，其著作影響深遠，此次發現的文學作品在當時有重要開創性。

淡水工商管理學院最早創立臺灣文學系，張良澤教授回臺後，擔任第一代系主任，張教授創辦季刊《淡水牛津文藝》，繼而轉型為季刊《臺灣文學評論》，兩份刊物發行共計十四年。《素朴の心》是從這龐雜的編輯手記中，挑選與時事相關，或重要文學記事，彙集成冊，僅按發表先後排比，略無連貫，卻頗堪回味臺灣文壇的文友交誼。

連鈺慧《月落胭脂巷》，是一部臺語小說集。初審時編輯委員都頗欽佩，筆名小城綾子這位作者的才華，這部小說動人的情節與流暢的語言，讓我們看見臺語小說精采的表現。

陳崇民《亂世英雄傾國淚》，一共收錄了兩個歌仔戲劇本及三個布袋戲劇本，這些精采的劇作早已得過許多文藝創作獎，能在此次作品集出版，也讓作品集在劇本領域更為充實。

柯柏榮《記持開始食餌》詩集，詩的風味迷人，又以「臺華雙語」對照的方式，加上羅馬字註解，讓臺語詩寫作有不同的形式，形成另一種寫作的風貌。

雖然今年因為經費的關係，只能出版五部作品，但只要不間斷，每年都能有這樣的精采佳篇，堅持的力量，會展現文學最動人的風景。

推薦序

共墜落的靈魂釘根佇台灣土地
——讀柯柏榮詩集《記持開始食餌》

文／向陽（國立臺北教育大學台灣文化研究所名譽教授）

這是詩人柯柏榮的第四本台語詩集，離進前三本詩集《娘仔豆的春天》（台南：海翁，二〇〇七）、《赤崁樓的情批》（台南：台南市立圖書館，二〇〇九）、《內籬仔的火金姑》（台南：台南縣文化局，二〇一〇）的出版，時間算來已經不止仔久矣。

柯柏榮是國內誠出名的台語詩人，自二〇〇三年開始自修台語文學的創作，伊佮別人仝款是伊對詩有熱情、有向望，寫作真勤；佮人無仝的，是伊的詩頭起先攏是佇內籬仔（監牢）寫的，前三本詩集就是監牢內底的產物。用監牢經驗做底蒂，伊寫出一般詩人無法度寫出來的詩，所以嘛予人稱呼做「監獄詩人」。

台灣上早的「監獄詩人」是日本時代的楊華（一九〇〇——一九三六），佇一九二七年因為涉嫌違反日本政府「治安維持法」入獄，就捌佇獄中寫出予人真感動的詩集《黑潮集》。柯柏榮卻是因為少年時錯誤的認知，一時懵懂袂曉想，兩擺觸犯強盜罪入獄，頭尾加起來倚十七冬，到二〇〇九年才假釋出獄。

好佳哉伊佇內籬仔遇著貴人，參加合唱團，綴黃南海學聲樂，唱台灣藝術歌曲，讀台語詩集，才來徹底改變伊的個性參人生。詩，特別是台語詩的創作，予伊佇絕望的內籬仔揣著希望的光。就親像伊彼時寫的詩句所寫:「鐵窗邊一枝柑仔樹葉尾溜／垂吊一粒必巡的娘仔豆／我靜靜等待／等待雨停／等待出日／等待美麗的蝶仔／破繭而出／飛向藍天。」

自二〇一〇年出版詩集《內籬仔的火金姑》到今，十冬過去，柯柏榮攏無閣出詩集，毋過伊猶原有咧寫，有咧發表，嘛參加過誠濟文學獎，有著獎，嘛有落選，總是遮的詩篇攏是伊性命的印記，會當看出伊想欲用詩來救贖家己的決志，家己栽一欉台語詩的樹欉，共墜落的靈魂釘根佇台灣土地。這本詩集《記持開始食餌》，在我來看，就是柯柏榮這十冬來用這款決志，寫出來的詩集。

《記持開始食餌》，按照柯柏榮的整編，分做五系列，頭一卷「著等詩」收入的作品攏是這十冬以來得著文學獎的作品。無論是頭獎抑是佳作，論真來講，攏會得通看出伊寫詩的功力。伊寫賴和；寫家己的老母、外公；嘛寫南庄老街、打狗；閣寫監獄所想、所見……。遮的詩篇攏有誠深刻的思考，伊運用圖像思考、台語的聲韻，帶領咱綴伊的詩句，進入台語詩參台灣土地上媠的境界，「佇街仔路、巷仔尾，都市、庄跤、教室、 灶跤， 流湠／流湠對土地掘出來的芳味」（〈夜讀賴和〉）這卷的每一首詩，就攏親像這句詩句仝款，予人入迷，予人感動！

第二卷收的詩，柯柏榮共號做「摃龜詩」，自我消遣，嘛誠心適。摃龜，就是無著獎，總共有十一首。文學獎本底就有偏限，也有缺憾，無仝的評審組合，選出來的得獎者佮作品就會無仝。無著獎的作品，未必然就是歹作品。柯柏榮將遮的詩抾倚來、抾做伙，檢采有伊的用意，囥佇詩集內底，會當予讀者做公親、做比較，有可能是伊的想法；將這卷參頭卷提來比並，無定著嘛會用當做是讀詩、論詩的一種趣味。

第三卷「山風聯寫」收十九首詩，多數攏是用自然生態表達詩人心境的好詩。遮的詩佮柯柏榮的監獄詩、參加文學獎的詩，毋但氣口無相仝，風格嘛無仝。比如〈秋芒初白〉這首寫秋天的菅芒花，嘛寫詩人家己的處境，「弄腰、伸匀、敧身／每一款舞步／每一揞音符／攏咧刺憂頭結面的紋路」，菅芒佮詩人的身世相佮鬥做伙，用菅芒譬喻身世，外景佮內心互相呼應，是誠婧氣的寫法。這也會當看出柯柏榮的柔情，毋是干焦會曉寫監獄詩的詩人。收佇落尾兩卷的「短情詩」參「零星詩」，嘛攏透濫有這款抒寫感情的大才情。

誠歡喜有這个機緣，代先拜讀柯柏榮這本詩集。這是一本共墜落的靈魂釘根佇台灣土地的好冊。向望柯柏榮繼續寫落去，寫出閣較濟好作品，用伊佮別人毋相仝的命運做底，用伊紲拍的台語，寫出新閣有味的景緻！

推薦序

五个部分，四種氣味

序柯柏榮詩集《記持開始食餌》

文／何信翰（國立臺中教育大學台灣語文學系副教授）

柏榮是一位真有才情的詩人。這幾年，伊無論佇中央抑地方級的文學獎，攏有真傑出的表現。早前，台語文學攏予人認為水準和華語文學比起來猶有寡精差，總是咱的詩人用伊的表現，拍破這个迷思。

詩人寫詩的功力咱逐家看 kah 真清楚。柏榮會當共日常的景緻、生活的各種情景描寫 kah 真活、真特別。這點，讀者一開始看這本詩集，相信就會當完全體會。伊會當定定參加「華語和台語做伙比」的文學獎，koh 定會當得著前三名的成績，毋是無道理的。

這本詩集採用台華對照的形式呈現。台華對照的方式佇台語文學內底並無罕見，這和電視頂面台語節目的華語字幕仝款，攏是為著欲予 hia 對內容有興趣，毋閣對台語無真精通的人通欣賞的機會。總是我建議讀者，一定愛先看台語的部分，才來看華語翻譯。這毋若 kan-na 是對詩來講，任何的翻譯、任何的小變動，攏會予詩變做另外一首；上主要的原因，是柏榮台語的語感真好，用詞非常精準。所以只有詳細去看台語原文，tāu-tāu-á 體會每一个詞的意義，才會當完全了解伊的詩。這點，相信讀者一開始閱讀詩集，就攏隨會當了解。

這本詩集，五个部分，四種無仝的氣味（損龜的無一定比得等的較差，有時比賽是好歹運的）。若是斟酌來讀，每一首詩攏會悉咱進入無仝的感動、無仝的思維世界。絕對是今年上精彩的詩集之一。

自序

自二〇〇三年佇臺南監獄自修創作台語文學，親像久年倒佇病床的半痞 -- 的，雄雄醒 -- 起 - 來，拼勢咧學行路，一屑仔一屑仔徙，一步仔一步仔動。嘛若像食佮睏攏佇桑仔葉的娘仔，佇白紙頂面綿死綿爛吞食烏色的鉛字，予性命膨大，吐出金閃閃的詩。

到二〇〇九年五月初七出獄，這六冬外所創作的台語詩量，百逝長詩到三逝短詩，超過兩百首，予我出三本台語詩集，正港是青盲 -- 的毋驚銃！讀過這三本詩集 -- 的，加減仔會摸著我創作的筋脈走向：初寫期的形成模仿、實驗期的文句修辭、探討期的中心思想佮內容厚薄 ------ 。

二〇〇九年五月初出獄到二〇一九年尾溜，倚十一冬，我寫無夠一百首詩，抾去家己認為無上範 -- 的，總共六十六首。算 -- 來，出獄了後，我毋是「蓋骨力」的創作者。不管是工課、環境經濟種種的壓力，攏袂使成做我卸身離的藉口。

坐監吸收的肥底，化做寫詩的基本功，佇無停跤的實驗佮思考，閣加上家己「孽（giàt）」的本性，煞行出一條孤人有的詩風！（台語小說家林美麗捌講過這號做「榮式寫法」，就是佮人無仝款）。

自序

自二〇〇三年於臺南監獄自修創作台語文學，彷彿長年臥床的癱瘓者突然清醒，努力在學習走路，一丁點、一小步的移動。也彷似生活作息都在桑葉上的蠶兒，於白紙上日以繼夜吞噬黑色的鉛字，壯大生命，吐出閃閃發亮的詩。

到二〇〇九年五月七日出獄，這六年多所創作的台語詩量，從百行長詩到三行短詩，逾兩百首，足以讓我出版三本台語詩集，正所謂初生之犢不畏虎！讀過這三本詩集的人，難免會觸摸到我創作的筋脈走向：初期的形式模仿、實驗期的文句修辭、探討期的中心思想與內容深淺……。

二〇〇九年五月初出獄到二〇一九年底，近十一年，除掉自認搬不上檯面的詩，總共六十六首。看來，出獄之後，我並非是個「很努力」的創作者。無論是工作、環境、經濟種種壓力，都不足以成為我卸責的藉口。

坐牢所吸取的養分，化成寫詩的基本功，在不停的實驗和思考，加上自己「叛逆」的本性，竟走出一條獨特的詩風！（台語小說家林美麗曾稱呼這叫做「榮式寫法」，即：跟別人不一樣）。

有咧寫詩的人攏知影，詩是一款「生份的語言」，台語文閣是「聲音語言」，著愛唸 -- 出 - 來，才感受會出台語的氣口，講較白 -- 的，就是「口語化」。我堅持詩愛有詩的語言，佮散文、小說的語言無仝，甚至佮咱普通時仔講的話嘛無仝。按怎佇文句的排列組合過程中，揣出「口語化」佮「生份化」鬥搭的敨榫，就是我所追求的台語詩。佇這本詩集內底，會當讀著我佮進前三本詩集較無仝的手路。

二〇一六年底，佇面冊揣著我國中時代死忠同窗 -- 的（班長），伊真佩服我台語詩會當寫出這款成績，只是伊嘛誠老實咧講，伊讀無啥有。建議我共台語詩華譯，互相對照，講按呢一般人讀較有，嘛會使成做推捒台語的一條路線。我感覺這个建議袂穤，自二〇一七年初，大量華譯我的台語詩，包含舊作佮新作，一華譯好隨貼起 lih 面冊。自彼陣，沓沓仔接觸華語詩壇，佮幾个華語詩社（比如：南方論壇的喜菡老師、野薑花詩社的詩人）有真正面、良性的交流。

其中「山風」詩社團的何絮風詩友特別邀請我入社做版主，每禮拜何詩友會招一寡世界各地的華語詩人，以仝一个詩題做伙聯寫，佇一、二十首華語詩內底，獨獨我一首台語詩兼華譯，佮台灣內外的華語詩人「以詩會友」。一禮拜交一首詩，逼家己寫，佇彼个流擺，我寫詩的題材佮

有寫詩的人皆知，詩是一種「陌生的語言」，而台語文乃「聲音語言」，必須唸出來，才感受得到台語的味道，講白一點，即「口語化」。我堅持詩要有詩的語言，這跟散文、小說的語言不同，甚至跟我們平時的講話也不同。如何在文句的排列組合過程中，取得「口語化」與「陌生化」貼切的精準度，就是我追求的台語詩。在這本詩集裡，能讀到我與之前三本詩集較不同的寫法。

二〇一六年底，於臉書上搜尋到我國中時代的同窗好友（班長），他非常佩服我的台語詩能有這樣的成績，但他也老實對我說，他讀不太懂。遂建議我將台語詩華譯，相互對照，如此一來一般人較讀得懂，也算是推廣台語的一條路線。我認為這建議不錯，自二〇一七年初，大量華譯我的台語詩，包含舊作和新作，一華譯好即刻貼上臉書。自此，漸漸與華語詩壇有所接觸，並和幾個華語詩社（如：南方論壇的喜菡老師、野薑花詩社的詩人）有很正面、良性的交流。

其中「山風」詩社團的何絮風詩友特別邀請我入社擔任版主，每週何詩友會邀約一些世界各地的華語詩人，以同一詩題同步聯寫，在一、二十首華語詩裡，唯讀我一首台語詩兼華譯，跟國內外的華語詩人「以詩會友」。一週交一首詩，逼自己寫，在那個時段，我寫詩的題材與手手路有較無仝的伸知。台語詩華譯雙語對照，佇面冊得著真大的肯定。有遮个因端，我才決定佇這本詩集採用「台華雙語」對照的方式，閣有加羅馬字註解，予一般讀無台語 -- 的或者是略仔捌台語的讀者，讀了較順喙。

這本詩集我共分做五輯。第一輯「著等詩」，是這十一冬參加文學獎的得等作品，有十四首。第二輯「揁龜詩」，是這十一冬參加文學獎無得獎的作品，有十一首。第三輯「山風聯寫」是面冊「山風」詩社每禮拜的聯寫作品，有十九首。第四輯「短情詩」，是寫予一个查某舞蹈家的情詩，佮伊熟似二十冬，交往七、八冬，已經煞戲無做伙，這系列較無仝，是先寫華語後 -- 來台譯的作品，有十首。第五輯「零星詩」，是前四輯掠外的作品，有十二首。總共六十六首。

我的第二、三本台語詩集，攏入選臺南市文化局（合併進前的臺南市二○○九年，臺南縣二○一○年）作家作品集，這擺，第四本詩集猶原入選咱臺南市二○二○年的作家作品集，感謝列位編輯委員老師閣一擺的肯定。

我的偶像——華台語雙聲道資深詩人學者向陽教授、拚勢研究佮推捒台文台語詩人的學者何信翰教授，佇遮欲大力感謝　特別用心為這本詩集寫序文，予詩集加足重、加足有看頭。

法有較迴異的彈性。台語詩華譯雙語對照，在臉書上獲得很高的肯定。有了這個因由，我才決定將這本詩集採以「台華雙語」對照的方式，再加上羅馬字註解，讓一般不懂台語或略懂台語的讀者，能流暢的閱讀。

這本詩集，我將之分為五輯。第一輯「著等詩」(得獎詩)，是這十一年參加文學獎的得獎作品，計十四首。第二輯「損龜詩」(落選詩)，是這十一年參加文學獎落選作品，計十一首。第三輯「山風聯寫」是臉書「山風」詩社每週的聯寫作品，計十九首。第四輯「短情詩」，是寫給一位女性舞蹈家的情詩，與她認識二十年，交往七、八年，已結束戀情，這系列較不一樣，是先寫華語後台譯的作品，計十首。第五輯「零星詩」，是前四輯以外的零星作品，計十二首。總計六十六首。

我的第二、三本台語詩集，均入選臺南市文化局(合併前的臺南市二〇〇九年、臺南縣二〇一〇年)作家作品集，這次，第四本詩集依舊入選臺南市二〇二〇年的作家作品集，感謝諸位編輯委員老師再度肯定。

我的偶像——華台語雙聲道資深詩人學者向陽教授、致力於研究並推廣台文的台語詩人學者何信翰教授，於此大大感謝他二人費心為這本詩集撰寫序文，使詩集更重、更有看頭。

「小雅文創」詩人陳皓、謝筠翁仔某佮美麗靈氣的女詩人愛羅，為這本詩集出力走從，佇遮向個萬分說謝。猶有兩冬前個(二〇一八年) 注文這本詩集的朋友（有熟似佮無熟似--的)，予恁等遮久，真歹勢，嘛感謝恁的支持。

詩集號作《記持開始食餌》（原名：坐清佇一首漲流的詩--裡），是掠二〇一九年臺南文學獎台語詩頭獎的詩名， 這首是我紀念外公「陳最」寫的詩， 掠來做詩集名號，是對外公上深落的數念。

這幾冬，孤心追求台語詩的美學懸度，生活煞過甲離離落落。猶原無棄嫌的文友程鉄翼、施俊州予我濟濟鼓勵佮創作的建議；閣有「府成舊冊店」潘景新、潘靜竹隨時攏咧共我灌風加油；當然猶有佇活動聚會遇著的前輩文友的鼓勵，算袂了盡！予我佇冰冷的現實社會，焐著一寡溫暖的燒氣。

阮阿母這幾冬失智症愈來愈食力，真濟代誌伊攏記袂牢，這擺出新詩集，我唸予伊聽了後，凡勢伊閣會一直問：這咧寫啥物碗糕？我真佮意伊按呢問。

——二〇二〇年七月寫

「小雅文創」詩人陳皓、謝筠夫妻檔與美麗含靈氣的女詩人愛羅，為這本詩集出力奔波，在此致上萬分謝意。還有兩年前（二〇一八年）預約這本詩集的朋友（認識和不認識的）讓你們久等了，非常抱歉，也感謝你們的支持。

詩集取名《記持開始食餌》（原名：坐清佇一首漲流的詩裡），是來自二〇一九年臺南文學獎台語詩首獎的詩名，這首是我紀念外公「陳最」寫的詩，取之為詩集名稱，是對外公最深切的懷念。

這些年，一心追求台語詩的美學高度，生活卻過得一團糟。依然不嫌棄的文友程鉄翼、施俊州給予很多鼓勵及創作上的建議；還有「府城舊書店」潘景新、潘靜竹隨時隨地的加油打氣；當然還有在活動聚會中碰到的前輩文友的鼓勵，道也道不盡！都讓我在冰冷的現實中，碰觸到許多溫和的暖意。

我母親這幾年失智症愈發嚴重，很多事情她都記不住，這次出新詩集，我讀詩給她聽之後，或許她又會一再地問：這寫什麼東西啊？我喜歡她這樣問。

——二〇二〇年七月寫

市長序

局長序

總序

推薦序

自序　14

著等詩

揁龜詩

山風聯寫

短情詩

零星詩

記持開始食餌

著等詩

坐清佇一首漲流的詩--裡

佇子宮袂赴孵--出-來的詩穎
對靈魂驚醒
夢　伸手
向過路的日頭光討食

筆尾枵饑　恬靜趒跳
空空的胃溢出奢颺的心事
吮幾句仔慘 tsheh 的散句
覕蹛無縫的磅空
秋光猶原射迵瘦卑巴的詩逝
He 是詩上摔拍的面腔

文字吊鼎
親像一堵壁 tshāi 佇電腦螢幕
捎無總的對話予秋風微微仔吹起
數想 khok-pih 初寫的光絲
鈍--去的筆心，坉滿暗毿
詩心掩掩揜揜閃閃爍爍
畫袂出曠闊的目線
躊躇吊佇情緒的尾溜

坐清：沉澱。
詩穎 (ínn)：詩芽。
枵饑 (iau-ki)：飢餓。
恬 (tiām) 靜：沉靜。
趒 (tiô) 跳：雀躍。
奢颺 (tshia-iānn)：風光。
吮 (tshńg)：吸吮。
慘 tsheh：悽慘。
覕蹛 (bih tuà)：躲在。
射迵 (thàng)：射穿。
瘦卑巴 (sán-pi-pa)：瘦巴巴。
詩逝 (tsuā)：詩行。
摔拍 (siak-phah)：得意；風光。
tshāi：豎立。
捎無總(sa-bô-tsáng)：摸不著頭緒。
khok-pih：拷貝。
坉(thūn)：填。
暗毿(àm-sàm)：陰森森。
掩揜(ng-iap)：遮掩。
躊躇(tiû-tû)：猶豫不決。

沉澱在一首漲潮的詩裡

在子宮來不及孵化的詩芽
從靈魂驚醒
夢　伸手
向過路的陽光乞食

筆鋒飢餓　寂靜雀躍
空虛的胃溢出風光的心事
啃幾句慘淡的散句
躲在封閉的時光隧道
秋光依舊射穿瘦巴的詩行
那是詩最輝煌的輪廓

文字斷炊
彷彿一堵牆豎立在電腦螢幕
摸不著頭緒的對話被秋風微微的吹起
企圖拷貝初寫的光絲
鈍了的筆心，囤滿陰暗
詩心遮遮掩掩閃閃爍爍
畫不出寬廣的視線
猶豫垂掛在情緒的尾巴

掖落門袂密的文字
一粒一粒火星對中年的字勻　躘出
若淸若霧的魚尾紋
沓沓仔 puh 穎、輪迴
感覺歲數撨一款角度佮我對唱

勼水的虹漸漸成做
烌 -- 去的詩頁
隱遁的弦仔聲
雄雄對肚臍空　激出
堅凍作冰
摸暗迒入去焦痡的心肝窟
佇記持一絲一絲的雨　飄落
若聽著老 -- 去的碑文拭作少年
親像青春無拗痕、無驚惶
詩脈寬寬仔展開
爬徙、走標
我幼幼仔聽教堂的鐘聲敲開冰角

掖(iā)：撒。
鬥袂密 (tàu-bē-bā)：湊不完整。
躘 (liòng)：竄。
沓沓仔 (tauh-tauh)：慢慢的。
puh 穎 (ínn)：發芽。
撨 (tshiâu)：調整。
對唱 (tshiàng)：對峙。
勼 (kiu) 水：萎縮。
烌 -- 去 (hu--khì)：腐化成灰。
迒 (hānn)：跨。
焦痡 (ta-pôo)：乾枯；乾癟。
拭 (tshit)：擦拭。
拗痕 (áu)：摺痕。
展 (thián) 開：展開。
爬徙 (suá)：爬行。

撒下湊不齊的文字
一顆一顆火花從中年的輩分　竄出
似是而非的魚尾紋
慢慢的發芽、輪迴
感覺年紀擺一種姿勢向我對嗆

萎縮的彩虹漸漸變成
腐化的詩頁
退隱的弦聲
倏地從肚臍　激發
凝結成冰
摸黑跨進乾癟的心窩
在記憶一絲絲的雨　飄落
宛若聽到老邁的碑文擦拭成少年
像青春無皺褶、無惶恐
詩脈漸漸展開
爬行、奔馳
我專注地聽教堂的鐘聲敲開冰塊

點一葩貓霧光，烘燒寂寞
等待深落的意象溢入窗仔門縫
湠過指頭仔尖佮夢
共詩線擢絚
散形的目神就會透心刻骨
就會共墮落的靈魂撈 -- 起 - 來

誰咧偷拎秋天的橐袋仔？
誰咧偷看過期的少年日記？
袂成形的詩若坱埃
有鹹鹹漚漚的味
詩人啊！你敢有一粒袂生鉎的名號？

He 一重一重漆滿陰鴆的意念啊！
袂當據在伊徛踮目頭的敆逝
聳鬚、生囝
對頭重箍倚一條孤 khu̍t 的
沉覕的內才，想像

葩 (pha)：盞。
貓霧光 (bâ-bū-kng)：黎明。
深落 (lo̍h)：深邃。
湠 (thuànn)：蔓延。
擢絚 (tioh-ân)：拉緊。
拎 (gîm)：以手握住。
橐袋仔 (lak-tē-á)：口袋。
坱埃 (ing-ia)：塵埃。
漚 (àu)：腐爛。
生鉎 (sian)：生鏽。
陰鴆 (thim)：陰沉。
徛踮 (khiā tiàm)：站在。
敆逝 (kap-tsuā)：夾縫。
聳鬚 (tshàng-tshiu)：囂張。
箍倚 (khoo-uá)：由外往內圍住。
孤 khu̍t：孤獨。
沉覕 (bih)：沉匿。

點一盞黎明，烤熟寂寞
等待深邃的意象溢進窗沿
漫過指尖與夢
把詩線拉緊
渾沌的眼神就會刻骨銘心
就會把墮落的靈魂撈起來

誰在偷揣秋天的口袋？
誰在偷看過期的少年日記？
未成形的詩如塵埃
有鹹鹹臭臭的味
詩人啊！你有一個不朽的名號嗎？

那一層一層塗滿陰沉的意念啊！
不能任由它站在眉宇間的夾縫
囂張、哺乳
從頭圈攏一條孤絕的
沉匿的內在，想像

家己關佇坐清內底的
文字佮力頭
佇一首漲流的詩 -- 裡

——得著二〇一一年教育部第三屆

「本土語言文學獎」台語組現代詩社會組第一名

自己關在沉澱裡的
文字與力道
在一首漲潮的詩裡

囚景

日頭佮月娘佇早暗的兩角頭
坐甲四正四正，咧相諍
日佮暝的長度

清冷的監牢
有烏金金的嚨喉空四界風騷
狹狹的囚道，漲滿
燒滾滾的警姦撟佮
懸八度的歹聲嗽
一箍獄卒呸一垺痰
隨毒死規座監獄的聲帶

我是行徙佇墮落佮
聖潔雙叉路口的靈魂
用良知的手佮威制遏手把
用吞忍的腰佮蹧蹋揬大索
用硬氣的跤佮官僚走馬拉松
數想用性命的喊喝
挖出性本善的本質
敨開硩甲袂喘氣的業障

諍 (tsènn)：爭辯。
清 (tshìn) 冷：酷寒；冷漠。
四界 (sì-kè)：到處。
警姦撟 (tshoh-kàn-kiāu)：罵髒話。
垺 (pû) 堆：坨。
毒 (thāu)：毒。
行徙 (suá)：行走。
遏 (at) 手把：比腕力。
揬 (khiú；giú) 大索：拔河。
敨 (tháu) 開：解開。
硩 (teh)：壓。

囚景

太陽與月亮在早晚的兩端
正坐危襟，爭論著
日與夜的長度

陰冷的監牢
有烏亮亮的喉嚨四處遊蕩
狹窄的囚道，漲滿
沸騰的髒話與
高八度的咒罵
一個獄卒吐一口痰
即毒死整座監獄的聲帶

我是行走在墮落與
聖潔雙叉路口的靈魂
用良知的手跟威制比腕力
用隱忍的腰跟輕侮拔河
用骨氣的腿跟官僚跑馬拉松
企圖用性命的喝采
挖掘性本善的本質
解開被壓不過氣的業障

生喙的人講
假釋開一間筊間
專門買收犯人的希望
嘛通人知
門二支喙的上興跋歹筊
Khó 子仔攏佇失望中半浮沉

詩句跳出來挲圓仔湯
「夢傷濟的人傷無閒
夢傷少的人傷閒」

自由的速度親像龜咧趖
日子是一支鬱卒的玲瓏鼓仔
前倒後起的是
暗趒的眠夢佮陳年的理想

凡勢是重頭生的跤骨傷冇
印袂出明明的跤跡

生喙：挑撥。
筊 (kiáu) 間：賭場。
興 (hìng)：愛好、嗜好。
跋 (pua̍h) 歹筊：詐賭。
khó 子仔：籌碼。
挲 (so) 圓仔湯：打圓場。
傷 (siunn)：太。
趖 (sô)：爬。
玲瓏鼓仔：波浪鼓。
傷冇 (siunn phànn)：太鬆軟。

挑撥的人說
假釋開了一家賭場
專門收買犯人的希望
眾所皆知
裝二張嘴的最喜好詐賭
籌碼總在失望中浮浮沉沉

詩句跳出來打圓場
「夢太多的人太忙
夢太少的人太閒」

自由的速度彷彿龜爬
日子是一支鬱悶的波浪鼓
前仆後繼的是
隱藏的夢想與陳年的理想

或許是重生的腿骨太鬆軟
印不出清晰的足跡

生存的罪的重量
切斷我性命光線虛虛的通口
皺紋、記持佮懶 siān 做一伙發酵
希望沓沓仔蔫 -- 去
吐氣鑿入天堂佮地獄的敆縫
冷利的目神
佇當頭白日勼佇暗毵的戲棚頂
搬啞口仔戲

空空的心窟
佇鄉愁揀開門的時坉密
壁角彼疊疊懸的詩稿
我目屎的鹹度
伊上清楚

禁氣用鬼仔影的速度
Khok-pih 崩盤的生辰字劃

懶 siān：羸弱。
蔫 (lian)：枯萎。
鑿 (tsha̍t)：刺。
敆 (kap) 縫：夾縫。
勼 (kiu)：縮。
暗毵 (sàm)：陰森森。
揀 (sak)：推。
坉密 (thūn-bā)：填滿。
(前) 疊 (tha̍h)，(後) 疊 (thia̍p)。
khok-pih：拷貝。

生存的罪的重量
切斷我性命光線虛微的通口
皺紋、記憶與羸弱一起發酵
希望慢慢的枯萎
嘆息刺入天堂與地獄的夾縫
敏銳的眼神
在光天化日下縮在陰森森的戲棚
扮演默劇

虛空的心窩
在鄉愁推開門之際囥滿
牆角那疊疊高的詩稿
我眼淚的鹹度
它最清楚

窒息用鬼影的速度
拷貝崩盤的生辰八字

鐵窗仔唇一隻臭衝的虼蚻

用一款頭人的屈勢，向頭

欣賞一幅臭賤的風景

虼蚻 (ka-tsuȧh)：蟑螂。
向 (ànn) 頭：俯視。

——得著二〇一〇年「阿却賞台語文學創作獎」詩類頭獎

——入選《靈光湧現‧舊監啟示》

鐵窗緣一隻囂張的蟑螂
以一種首領的架勢，俯視
欣賞一幅卑賤的風景

詩人

暗想暝尾幼碎幼碎的早光
暗想霧跤流湠金爍，暗想一巡
月眉仔，佮靈魂仝媠
鞋仔聲向前泅徙，摸你
唚曩鬧的車輪仔痕

拄褫開的目睭
拑牢命運的目頭
藝術早就注文
目屎的價數
就算意志按怎使弄
日子猶原共你硩做懶屍

撐懸名利
煞看袂著眠夢

拚勢咧拖一家口仔肥朒朒的枵
每一拳舂 -- 落
幼磚仔碎瓦反背地基
是沉重，嘛是蠓仔叮牛角

流湠 (thuànn)：漫散。
仝媠 (kâng suí)：媲美。
泅徙 (siû suá)：泅泳。
唚 (tsim)：親吻。
拄褫開 (tú thí-khui)：剛剛睜開。
拑牢 (khînn tiâu)：用力抓緊。
使弄 (sái-lāng)：挑逗。
硩 (teh)：壓。
懸 (kuân)：高。
肥朒朒 (puî-tsut-tsut)：胖嘟嘟。
舂 (tsing)：擊打。
蠓 (báng) 仔：蚊子。

詩人

冥想黎明細碎的晨光
冥想霧腳漫散金亮，冥想一彎
弦月，與靈魂媲美
皮鞋聲向前泗泳，摸你
親吻喧鬧的輪胎痕

剛睜開的眼睛
攀附命運的眉心
藝術早就預購
眼淚的價格
就算意志再怎麼挑逗
日子依舊把你壓成懶洋洋

撐高名利
竟看不著夢想

努力在支撐一家子胖嘟嘟的飢餓
每一拳擊出
碎磚碎瓦悖逆地基
是沉重，也是無傷大雅

銅銑仔味對你傷苛頭
詩逝煞上扭掠治療的藥帖
請輕輕仔聽，相閃身的心嗲為你喝咻
共你呵咾

當命格放棄漚爛
你的睏眠是一款孤面的離開
親像老歲仔人共家己的記持
撙焦

悲傷 sut 過的風景淡薄仔必破
布簾仔挩 -- 落就隔開穢涗
就聽見入世的歌聲
彼搭袂閣予三頓沃澹

門關 -- 起 - 來的疼心
瘦作一首詩

銅銑 (sian) 仔：銅臭味。
傷苛頭 (siunn kho-thâu)：太苛刻。
扭掠 (liú-lia̍h)：敏捷。
喝咻 (huah-hiu)：喝采。
呵咾 (o-ló)：讚美。
漚 (àu) 爛：腐爛。
撙焦 (tsūn ta)：擰乾。
sut ：迅速地。
挩(thuah)-- 落：關上。
穢涗(uè-suè)：污穢。
沃澹(ak-tâm)：淋濕。

銅臭味對你太苛刻
詩行卻是拿手治療的藥帖
請輕輕地聽，擦身而過的心在為你喝采
讚美你

當命格放棄腐爛
你的睡眠是一種決然地離開
彷彿老年人把自己的記憶
擰乾

悲傷飛過的風景稍微裂開
關上窗簾便隔開污穢
便聽見入世的歌聲
彼岸不再被三餐淋濕

關起門來的憐愛
瘦成一首詩

掛佇牆仔角的耙仔機

一搭唯一的死角

當咧炤楔飽孤單的你

炤(tshiō)：光照。
楔(seh)飽：塞飽。

——得著二〇一一 年「阿却賞台語文學創作獎」詩類二獎

——刊佇《台客詩刊》第 20 期

掛在牆角的監視器
一處唯一的死角
正照著塞飽孤獨的你

尾氣（組詩）

〈河魷〉

敨開十六度 C 的縛跤布
阮蹛佇七家灣溪的捲螺仔水
感覺家己佇悲哀中
沓沓仔沉 -- 落 - 去

自冰河時期的大門拍開
倒泅轉去肚臍地
是阮上媠的使命
本底阮有固定的流浪路線
每一滴溪水黏貼阮成長的歌聲
金色的日頭光是上門搭的伴奏
阮會用一款袂搖袂敧的堅持
投入大海的攬抱

時間變面了後
日頭光的曲調愈來愈懸
溪仔的心跳愈來愈緊
阮的歌聲綴袂著繁華的節奏

敨 (tháu) 開：解開；打開。
蹛佇 (tuà tī)：住在。
媠 (siú)：美麗。
袂搖袂敧 (khi)：不屈不撓。
攬抱 (lám-phō)：擁抱。
懸 (kuân)：高。
綴袂著 (tuè-bē-tio̍h)：跟不上。

彌留

〈櫻花鉤吻鮭〉

解開十六度 C 的縛腳布
我住在七家灣溪的漩渦裡
感覺自己在悲哀中
慢慢地沉下去

自冰河時期的大門打開
迴游到出生地
是我最美麗的使命
原本我有固定的流浪路線
每一滴溪水拼貼我成長的歌聲
金色的陽光是最貼切的伴奏
我會用一種不屈不撓的堅持
投入大海的擁抱

時間翻盤之後
陽光的曲調愈來愈高
溪流的心跳愈來愈快
我的歌聲跟不上繁華的節奏

薄縭絲的身世大空細裂
規條溪仔彈出一片屍體

七家灣溪的捲螺仔水
是恁起予阮的保育皇宮
宮牆的四箍圍仔定定傳來
一塊無法度流浪的老曲盤
用虛虛的聲調吟唱——
阮只不過是
予時代裁員的國寶級遊民

薄縭絲 (po̍h-li-si)：很薄。
四箍 (khoo) 圍仔：四周。

【註】河鮘 (hô-tāi)：櫻花鉤吻鮭。
必須生長在水溫攝氏 十六度以下的溪流中。

單薄的身世傷痕累累
整條溪彈出一片屍體

七家灣溪的漩渦
是你們建造給我的保育皇宮
宮牆的四周圍常常傳來
一塊無法流浪的老唱盤
用虛弱的聲調吟唱——
我只不過是
被時代裁員的國寶級遊民

〈長尾山娘〉

軁入時間的磅空
祖先共 tsa̍p-tsô 佮
粗殘傳予阮

闊葉林的樹枝仔縫
是阮耀武揚威的舞台
幼鳥仔、山豪鼠、四跤杜定
是阮食霸王飯的物配
天大地大阮上大
是阮四界放送的聖旨

呔知囂俳無落魄的久
當阮飛入失溫的文明
漢人的斧頭
剉斷阮的經脈
獵人的銃聲
拍迵阮的命盤

軁 (nǹg)：鑽。
tsa̍p-tsô：聒噪；暴躁。
呔知 (thái-tsai)：豈知。
囂俳 (hiau-pai)：囂張。
剉 (tshò)：砍。
銃 (tshìng)：槍。
拍迵 (phah-thàng)：打穿。

〈台灣藍鵲〉

鑽進時光隧道
祖先把暴躁與
兇殘傳承給我

闊葉林的枝椏縫隙
是我耀武揚威的舞台
幼鳥、野鼠、蜥蜴
是我吃食霸王餐的料理
天大地大我最大
是我四處播送的聖旨

豈知囂張沒落魄的久
當我飛入失溫的文明
漢人的斧頭
砍斷我的經脈
獵人的槍聲
打穿我的命盤

烏烏漆白點的長尾溜
插佇虛華的帽仔唇

當阮一踏入電視台
委屈的面腔隨展笑神

螢幕的角垰一隻台灣烏熊
懶屍慢趖搖咧跛咧
輕視的目神親像咧講
三字「冠軍鳥」就簡單買收
勾勾纏纏的千古仇

懶屍慢趖(sô):慢吞吞。

【註】長尾山娘:台灣藍鵲。

黑中摻白點的長尾巴
插在奢華的帽緣

當我一踏進電視台
委屈的臉龐馬上展開笑顏

螢幕邊緣一隻台灣黑熊
慢吞吞顛簸而近
輕視的眼神彷彿說著
三字「冠軍鳥」就輕易收買
糾糾纏纏的千古仇

〈龜鱉〉

生鉎的月光
淺淺照佇阮後生的屍體
曠闊的沙埔
予一條燒燙吊起寒意

阮出世的搖笱
是涼涼軟軟的沙埔
阮細漢的坦迌物
是漂漂浮浮的馬尾藻
阮大漢的運動埕
是空空缺缺的珊瑚礁
佇海底泅水佇沙埔爬徙
是阮一生上歡喜的工課

為啥物磨平歲月的皺紋
顛倒予生命閣較攝襉
夭壽骨的開發
龜卵挖東挖西

生鉎 (sian)：生鏽。
搖笱 (kô)：搖籃。
坦迌 (tshit-thô) 物：玩具。
空空缺缺 (khih)：坑坑洞洞。
泅 (siû) 水：游泳。
爬徙 (suá)：爬行。
攝襉 (liap-kíng)：打摺。
卵 (nn̄g)：蛋。

〈綠蠵龜〉

鏽蝕的月光
淺淺地照在我兒子的屍體
廣闊的沙灘
被一條熱氣吊起寒意

我出生的搖籃
是涼涼軟軟的沙灘
我童年的玩具
是漂漂浮浮的馬尾藻
我成長的運動場
是坑坑洞洞的珊瑚礁
在海底游泳在沙灘爬行
是我一生最喜歡的工作

為什麼磨平歲月的皺紋
反而讓生命更加深皺褶
過度的開發
龜蛋東挖西挖

烏白掠細隻龜鱉
沙埔成做石粒仔埔
阮牽手有身的時陣
煞四界揣無孵卵的所在

赤焰的日頭使性地
共涼涼軟軟的沙埔
曝做燒燒燙燙的烘爐

遠遠看見後生褪赤的身軀
被烘出一港無辜的臭火焦味
阮共夢深深揜佇龜殼內底
日時阮毋敢出門
驚予焦燒的塗沙
燙死

掠 (lia̍h)：捉。
四界 (sì-kè)：四處；到處。
揣 (tshuē)：找。
使 (sái) 性地：使性子。
臭火焦 (ta) 味：燒焦味。
揜 (iap)：隱藏。
焦 (ta) 燒：燥熱。

【註】龜鱉 (piah)：綠蠵龜。

——得著二〇一〇年第二屆「鄭福田生態文學獎」台語詩組優選

胡亂獵取幼龜
沙灘變成細石灘
我老婆懷孕的時候
竟四處找不到孵蛋的地方

炎烈的太陽使性子
把涼涼軟軟的沙灘
曬成熱滾滾的火爐

遠遠看見兒子赤裸的身體
被烤出一條無辜的焦味
我把夢深深藏在龜殼裡面
白天我不敢出門
怕被燥熱的砂土
燙死

融合的聲音
——去南庄拜訪客語文學家邱一帆

佇桂花巷聽你的聲調，親像
一台粗勇的戰車遠遠駛來
車輪佮路皮的摩擦
發出疼心的柔音

紲 -- 落變芳，若像為你號名的桂花釀
佇滾水內底沓沓仔展開芳的使命
點一葩月娘，予暗晡有溫度
予光流入門縫，趖過你的聲帶、夢
佮山尾溜廣闊的山岭
話仙、破豆

我當咧聽
感心流過心槽的聲音
黏黏、洘洘；這个暗暝
坦然閣深落，阮面對你
想像窗外一陣一陣的鳥聲
迵過一片暗烏的星雲
來到咱的頭前，咧敲咱的心思

紲 (suà)-- 落：接續。
沓沓仔 (ta̍uh-ta̍uh-á)：緩緩地。
葩 (pha)：盞。
暗晡 (poo)：傍晚。
趖 (sô)：爬。
山岭 (niā)：山脊；稜線。
洘洘 (khó-khó)：濃稠。
迵 (thàng)：穿越。

融合的聲音
——去南庄拜訪客語文學家邱一帆

在桂花巷聽你的聲調，彷彿
一輛勇猛的戰車遠遠駛近
車輪與路皮的摩擦
發出疼惜的柔音

接著轉為芬芳，像是為你取名的桂花釀
在滾水裡慢慢展開芬芳的使命
點一盞月亮，讓傍晚有溫度
讓光流進門縫，爬過你的聲帶、夢
與山頂廣闊的稜線
閒話家常

我正在聽
感動流過心窩的聲音
黏黏、稠稠；這個夜晚
坦然又深邃，我們面對你
想像窗外一陣陣的鳥鳴聲
穿過一片暗黑的星雲
來到咱們的面前，在敲咱們的心思

族群的紛爭
佇咱的話尾變溫馴
歡喜佮悲傷自由來去
我當咧聽，所謂的會合袂合？
只不過是人生列車的路線
所謂的生命？底時到站
底時過站無停
攏是無常變的把戲

咱攏毋知未來會是啥款的光影
抗爭、嚷鬧、和解、結合
凡勢會佇咱的體內
寬寬仔爬徙
閣爬徙，一直到無拗痕、無驚惶

凡勢 (huān-sè)：或許。
爬徙 (suá)：爬行。

族群的紛爭
在咱們的話語間變溫馴
歡喜和悲傷自由來去
我正在聽，所謂的合與不合？
只不過是人生列車的路線
所謂的生命？何時到站
何時過站不停
都是無常變的把戲

咱們都不知道未來會是怎樣的光景
抗爭、嚷鬧、和解、結合
也許會在咱們的體內
慢慢地潛移
再潛移，一直到無皺褶、無惶恐

未知的眠夢，攏有你的氣絲

遐爾輕、遐爾安穩，我當咧聽

無仝族群同齊乾杯的聲音

拗(áu)痕：皺褶。
遐爾(hiah-nī)：那麼。
無仝(kâng)：不同。

——得著二〇一二年第十五屆「夢花文學獎」母語文學組佳作

——刊佇《台客詩刊》第 8 期

※ 二〇一二年初，臺南的臺語作家陳明仁、林裕凱、施俊州、我佮台中的李長青，到苗栗南庄拜訪客語作家邱一帆。

未知的夢，都有你的氣息
那麼輕、那麼安穩，我正在聽
不同族群一起乾杯的聲音

日頭較虛的所在
——嘉義舊監

你蹛的所在日頭有較虛
專門買收 in 的業障佮尊嚴
光明是一窟妖嬌的陷阱
日子是一條鬱卒的鎖鍊
一捾號碼用殕色的喙脣開講

扇形的牢房走廊
霧出失志佮孤 khu̍t 的臭殕味
湠出跤銬佮跤筒骨冤家的聲嗽
生銑的鐵窗下跤
一蕊一蕊死色的目睭
咧量性命漚爛的溫度

青春的針閣按怎尖
嘛無才調紩密沓沓仔老 -- 去的縫
Hi-no-khih 的芳味閣按怎芳
嘛無法度炭過慢慢仔虛 -- 去的靈魂

蹛 (tuà)：居住。
in：他們。
捾 (kuānn)：串。
殕 (phú) 色：灰色。
霧出：噴出。
孤 khu̍t：孤僻。
臭殕味：霉味。
湠 (thuànn)：漫開。
生銑 (sian)：生鏽。
漚 (àu) 爛：腐爛。
紩密 (thīnn bā)：縫緊。
hi-no-khih：檜木，日語。

太陽較虛弱的地方
——嘉義舊監

你住的地方太陽有點虛弱
專門收買他們的業障和尊嚴
光明是一窟美麗的陷阱
日子是一條鬱抑的鎖鍊
一串號碼用灰色的嘴唇聊天

扇形的牢房走廊
噴出喪志與孤絕的霉味
發出腳鐐與腳踝骨吵架的聲息
腐鏽的鐵窗下
一顆一顆死色的眼珠子
在測量生命潰爛的溫度

青春的針再怎麼尖
也無力縫密漸漸老去的縫
檜木的香味再怎麼香
也無法掩蓋慢慢虛羸的靈魂

你定定聽著
彼隻天棚的蟮蟲仔叫聲
輕輕鬆鬆就震碎 in 長 ló-ló 的夢
有當時仔嘛會看著
天照大神威嚴的目神
無細膩流出二條柔柔的水

是啦！九〇年的嚷鬧聲已經收擔
冷淡煞佇你的心肝頭趨雪
你感覺袂出時間是用甚麼步數
共透早引渡到黃昏

是啦！蒼老按怎、破敗按怎
歲月閣按怎
你恬恬激一款無要無緊的屈勢
佇懶屍的日頭跤閉關
佇觀光客走馬看真珠的目睭內修行

蟮 (siān) 蟲仔：壁虎。
長 ló-ló：非常長。
細膩 (sè-jī)：小心。
趨 (tshu) 雪：滑雪。
激 (kik)：假裝。

——得著二〇一四年第五屆「桃城文學獎」新詩組第三名

——刊佇《台江台語文學》第 11 期

你經常聽到
那隻天花板上的壁虎叫聲
輕輕鬆鬆就震碎他們漫長的夢
有時候也會看到
天照大神威嚴的眼神
不小心流出二條柔柔的水

是啊！九〇年的嚷鬧聲已經打烊
冷漠卻在你的心版上滑雪
你感覺不到時間是用甚麼招數
將清晨引渡到黃昏

是啊！蒼老如何、破敗如何
歲月又如何
你沉默地裝出一種無所謂的架勢
在懶洋洋的太陽下閉關
在觀光客走馬看花的眼神裡修行

【註】嘉義舊監獄興建於一九一九年，一九二〇年竣工，於一九二二年正式啟用。從二〇〇九年十二月二十八日開始進行該建築的整修工作，二〇一一年完工後改為獄政博物館。使用時間約九十年。（引自維基百科）

轉來南庄老街

假使山崙的盡磅有光
He 定著是我少年早就放揀的年代
假使故鄉的盡磅有路
He 定著是我食老攏行袂到的記持

蓬萊溪墘，親像予一陣清氣淋 -- 過
康濟吊橋，親像予一逝跤印軋 -- 過
桂花巷的色緻，共我包纏
共我搝轉去肚臍地的空喙

南庄的筆劃落佇老街的石仔路
桐花雪共永昌宮的香抐甲芳貢貢
踅佇轉去佮離開的路 -- 裡
我犁半世人才發現歲月已經烏 -- 去

車燈沓沓仔徙近薄閣脆的夢
共狹狹的巷仔炤甲光焰焰
油門毋敢催傷緊

he：那。
放揀 (sak)：遺棄。
逝 (tsuā)：行。
軋 (kauh)：輾壓。
搝 (khiú；giú)：拉。
落佇 (lak-tī)：掉落在。
抐 (lā)：攪拌。
踅 (seh)：繞；逛。
沓沓仔 (tauh-tauh-á)：緩緩地。
徙 (suà) 近：挪近。
炤 (tshiō)：照射。
傷 (siūnn) 緊：太快。

重返南庄老街

倘若山丘的盡頭有光
那必定是我年少早就遺棄的年代
倘若故鄉的盡頭有路
那必定是我終老都走不到的記憶

蓬萊溪邊,好像被一陣潔淨淋過
康濟吊橋,好像被一行足跡輾過
桂花巷的色澤,把我包圍
把我拉回到發源地的洞口

南庄的筆劃掉在老街的石子路
桐花雪把永昌宮的香攪拌得香噴噴
旋繞於返鄉與離鄉的路上
我經營半輩子才發現歲月已化成黑

車燈緩緩挪近薄又脆的夢
將狹窄的巷子照得光亮
油門不敢踩到底

恐驚十三間老街若徛 -- 起 - 來
記持就變老

用規身軀滾絞的血水
掠瘦弱遠 -- 去的囡仔面框

郵便局換一軀新衫佮對面歐式別莊相相
乃木崎對日治年代攏毋捌平 -- 過
水汴頭透早黃昏的洗衫水聲猶彈袂煞
三宮大帝百外冬來猶原老神在在
二逝柴枋老厝妝娗桂花巷的繁華
桂花釀、桔仔醬黏貼桐花季的芳味
廟會浮一沿重汗衝去十月的天頂尾
愈近愈旺的爐火對烏白反做彩色相片
干焦看著康濟橋佇古早佮現代的索仔
幌起幌落
新型的 LED 路燈佇尻脊骿扒癢
親像詩人的筆佇紙頂掩坎的隱喻
意象吊佇永昌宮廟公的喙角

徛 (khiā)：站。
掠 (liah)：抓。
一軀 (su)：一套；一件。
相相 (so-siòng)：對看。
毋捌 (m̄-bat)：未曾。
妝娗 (tsng-thānn)：裝飾。
衝 (tshìng)：往上升。
干焦 (kan-ta)：只。
尻脊骿 (kha-tsiah-phiann)：背部。

深怕十三間老街若站起來
記憶就變老

用全身沸騰的血水
捕捉瘦弱遙遠的孩童輪廓

郵局換一套新衣與對面歐式別墅對恃
乃木崎從日治時代都不曾平坦過
水汴頭清晨黃昏的洗衣水聲仍不停彈奏
三宮大帝百年多來依舊氣定神閒
二列柴板老屋裝飾桂花巷的繁華
桂花釀、桔子醬拼貼桐花季的芬芳
廟會浮一層汗水升上十月的天空
愈近愈旺的爐火從黑白翻成彩色相片
只見康濟橋在古早與現代的繩索
上下晃動
新型的 LED 路燈在背脊抓癢
宛如詩人的筆在紙上遮掩的隱喻
意象掛在永昌宮廟公的嘴角

一開一合親像火金姑一爍一爍
咧爍一九五四年以前的踏話頭

予時代翕傷的身軀
沉重踱轉來到故鄉的埕斗
用胸仔內虛冇的氣絲仔
拚勢點著家己佮囡仔時代的
微弱火星

桐油花共時間佮桂花欉染甲白雪雪
酸仔雨拍落花芳
共鼻頭佮目箍沃澹
留佇濁濁痛痛的喙顊
向靈魂昏死的咒誓行 -- 去
背骨的死亡證書隨予老母的目屎裂 -- 破

翕傷 (hip-siong)：焵傷。
踱 (tshê)：腳在地上摩擦拖行。
冇 (phànn)：鬆軟。
酸仔雨：梅雨。
沃澹 (ak-tâm)：淋濕。
喙顊 (tshuì-phué)：臉頰。
裂 (liah；lih)-- 破：撕破。

一開一合彷彿螢火蟲一閃一閃
在閃爍一九五四年以前的序言

被時代燜傷的身軀
沉重拖回到故鄉的庭院
用胸口虛鬆的氣息
使勁點著自己與孩童時代的
微弱火花

油桐花把時間與桂花欕染成雪白
梅雨打下花香
將鼻頭與眼眶淋濕
留在混濁沉痛的臉頰
往靈魂昏睡的承諾走去
悖逆的死亡證書隨即被老母親的淚水撕破

山崙形犁出幾逝皺紋

佇視線拖長的尾溜

黏幾句仔老母 mooh-mooh 的叮嚀

啊！我的故鄉朗誦起--來

攏是桂花芳

mooh-mooh：乾癟。

——得著二〇一七年第二十屆「夢花文學獎」母語文學組佳作

山丘形狀耕出幾行皺紋
在視線拖長的尾端
黏幾句老母親乾癟的叮嚀
啊！我的故鄉朗誦起來
全是桂花香

桐油花牢佇看守所的 khǹn-páng

時間若風，一下戇神
規山坪的白吹甲規塗跤的花
驚惶、毋甘綴前綴後
一蕊桐油花，牢佇
看守所的 khǹn-páng

警備車的 iǹn-jín 拄起磅
法官用目尾佮被告相借問
檢察官用頷頸筋佮辯護人相諍
自由佮跤銬佇天平秤雙爿邊弄起弄落

罪名像地雷
一磕 -- 著隨爆炸
命運的靈籤浮一捾號碼
日頭光雄雄糾筋
天就崩 -- 落

桐油花牢佇看守所的 khǹn-páng
柔柔澹澹的白

戇 (gōng) 神：恍神。
綴 (tuè) 前綴後：跟前跟後。
牢佇 (tiâu-tī)：卡在。
khǹn-páng：招牌，日語。
iǹn-jín：引擎，日語。
拄 (tú)：剛。
頷頸 (ām-kún)：脖子。
相諍 (sio-tsènn)：爭吵；辯論。
雙爿 (pîng) 邊：兩端。
磕 -- 著 (kha̍p--tioh)：碰到。
捾 (kuānn)：串。
糾 (kiù) 筋：抽筋；痙攣。
澹澹 (tâm-tâm)：濕濕的。

油桐花卡在看守所的招牌

時間如風，一個恍神
滿山的白吹得滿地的花
惶恐、不捨隨行緊跟
一朵油桐花，卡在
看守所的招牌

警備車的引擎剛發動
法官用眼角與被告問候
檢察官用頸脈與辯護人爭辯
自由與腳鐐在天平兩端搖晃不定

罪名彷如地雷
一碰就爆炸
命運的靈籤浮顯一串號碼
日光倏地痙攣
天就崩蹋

油桐花卡在看守所的招牌
柔柔濕濕的白

厝角鳥響亮的喙脣佇鐵窗外
雕刻山盟海誓
蟬仔懸懸低低佇盟誓外
吟青春牽亡調
一揞一揞號碼，勼佇
一格一格牢房偷敕薰
敕一喙改邪歸正

罪孽的拗痕傷皺
燒燙燙的向望嘛熨袂平
上驚老 mooh-mooh 的童年
規山坪的五月雪
共心頭肉凍傷痛醒

愛細膩 --哦！
記持閣駛 -- 落 - 去
會眩車

懸 (kuân)：高。
勼 (kiu)：縮。
敕薰 (suh-hun)：抽菸。
拗 (áu) 痕：皺褶。
傷 (siunn)：太。
向 (ǹg) 望：希望。
老 mooh-mooh：老而枯瘦。
細膩 (sè-jī)：小心。

麻雀響亮的嘴唇在鐵窗外
雕刻山盟海誓
蟬鳴高高低低在盟誓外
吟唱青春召魂曲
一串一串號碼，蜷縮在
一格一格牢房偷吸菸
吸一口改邪歸正

罪孽的皺摺太皺
滾燙的希望也燙不平
最怕枯老的童年
滿山坡的五月雪
把心頭肉凍傷痛醒

要小心啊！
記憶再開下去
會暈車

鋩鋩角角的法條有規定

眠床愛共夢倒掉

予懺悔 peh **起來洗面** suá **口**

桐油花牢佇看守所的 khn̆n-páng

拄好五 -- 月第二个禮拜

新聞報導：大熱起鼎雨水吊鼎

被告攏咧無閒儉水

用目箍

鋩 (mê) 鋩角角：有菱有角。
peh：爬。
目箍 (khoo)：眼眶。

——得著二〇一八年第二十一屆「夢花文學獎」母語文學組佳作

——刊佇《海翁台語文學》第 200 期

菱菱角角的法條有規定
床鋪必須把夢倒掉
讓懺悔爬起來刷牙洗臉

油桐花卡在看守所的招牌
正好五月第二個禮拜天
新聞報導:炎熱來臨雨水短缺
被告都忙著儲水
用眼眶

夜讀和仔仙

暝頭佇霧霧的冊房轉踅
我淡薄仔精神的靈魂
䖙佇壁角吐氣
目睭皮小可褫一巡
拍開「台灣新文學」的門扇枋
鑽入烏鬼鬼的磅空

和仔仙！我捌做過一个夢
夢見菜市仔攑一支秤仔的
講話大範閣有力頭
市仔尾鬧熱的戲棚頂
咧唱〈南國哀歌〉搬家己

我點薰，lai-tah khiat 一下，你就烌 -- 去
親像飛出窗仔外的煙

新時代的監牢有〈獄中日記〉草紙味
和仔仙！我當咧想像你海翁的骨格
予戒嚴的海湧捆縛、侮辱

轉踅 (se̍h)：盤旋。
䖙 (the)：半斜躺。
吐 (thóo) 氣：嘆息。
小可 (sió-khua)：稍微。
褫 (thí)：張開。
捌 (bat)：曾經。
攑 (gia̍h)：拿。
大範 (pāng)：大方。
薰 (hun)：菸。
lai-tah：打火機，日語。
khiat：擬打火機點火聲。
烌 (hu) -- 去：腐化成灰。

夜讀賴和

入夜在濛濛的書房盤旋
我略為清醒的靈魂
斜躺在牆角嘆息
眼皮微微張開一線
打開「台灣新文學」的門板
鑽入黑漆漆的隧道

和仔仙！我曾做過一個夢
夢見菜市場拿一桿稱仔的
講話大方且力道十足
市場邊熱鬧的戲棚上
吟唱〈南國哀歌〉扮演自己

我點菸，打火機嘎一下，你便化成灰
彷彿飛出窗外的煙

新時代的監牢有〈獄中日記〉草紙味
和仔仙！我正在想像你鯨魚般的骨骼
被戒嚴的猛浪綑綁、侮辱

想像不義佇你的頭殼頂生湠
正義佇你的心肝窟仔生囝，想像
你鐵拍的手股
用懸壺濟世的手尾力
起造闊莽莽的原汁夢
起造長落落的在地城，你講：
文學無應該是知識貴族的坦迌物

薰頭仔抑予化
思考一倒落隨塌底
順手掀開一頁一頁倒爿的意念
文字的虛佮實攏已經暗唸過
這是一款按怎才吟會出來的形體

據在一港一港的舊冊味
寬寬仔侵入我上幼路的神經
凡勢我會為〈不如意的過年〉向腰
凡勢我會替〈鬥鬧熱〉暗爽

生湠 (thuànn)：繁殖。
坦迌 (tshit-thô) 物：玩具。
抑予化 (jih-hōo-hua)：捻熄。
塌底 (lap-té)：脫底。
倒爿 (tò-pîng)：左邊。
寬 (khuann) 寬仔：緩緩地。
凡勢 (huān-sè)：也許。
向 (ànn) 腰：哈腰。

想像不義在你的頭頂蔓延
正義在你的心深處撫育，想像
你鐵打的手臂
用懸壺濟世的勁道
打造廣闊的原汁夢
打造深長的在地城，你說：
文學不應該是知識貴族的玩物

捻熄菸屁股
思考一躺下立即脫底
順手掀開一頁一頁左翼的意念
文字的虛與實都已默唸過
這是一種怎樣才吟得出的模樣

任由一陣一陣的舊書味
緩緩侵入我最細膩的神經
也許我會為〈不如意的過年〉哈腰
也許我會替〈鬥鬧熱〉暗爽

凡勢我會感受〈一個同志的批信〉的憂愁
凡勢我會懷疑〈未來的希望〉閣會當擋外久

我恬恬聽你講：
莫躊躇、莫秤文學的重量
莫擱底、莫量文明的長度
予夢展開筋韌的搖櫓
划予遠、划向深落

歷史火烌稀微的光
共我對眠夢摸轉來現實
我若像聽著你兩撇喙鬚下底喝一句
「舌佮筆合一」的聲調
佇流血流滴流膿結疕了後
吐出一穎鮮沢的新穎

和仔仙！暝尾已經收擔
窗仔外飛來一隻火金姑，微微仔

莫 (mài)：別。
躊躇 (tiû-tû)：猶豫、遲疑。
擱底 (koh-té)：擱淺。
筋韌 (kin-lūn)：堅韌；頑強。
搖櫓 (iô-lóo)：船槳。
火烌 (hu)：灰燼。
摸 (khiú)：拉。
結疕 (kiat-phí)：結疤。
鮮沢 (tshinn-tshioh)：新鮮有光澤。
穎 (ínn)：芽。

也許我會感受〈一個同志的批信〉的憂愁
也許我會懷疑〈未來的希望〉還能撐多久

我靜靜聽你說：
別猶豫、別秤文學的重量
別擱淺、別測量文明的長度
讓夢想展開堅韌的船槳
划得更遠、划向深邃

歷史灰燼裡稀微的光
把我從夢裡拉回到現實
我依稀聽到你兩撇鬍鬚底下喊出一句
「舌頭與筆尖合一」的聲調
在遍體鱗傷化膿結疤後
吐出一片新鮮的初芽

和仔仙！深夜已經打烊
窗外飛來一隻螢火蟲，微微地

擛新文學的翼股

佇心版推予金大步踏出的所在

有 tshāi 一仙人道主義的靈魂

時到攏會佇街仔路、巷仔尾

都市、庄跤、教室、灶跤，流湠

流湠對土地掘出來的芳味

擛 (ia't)：揮動。
推 (thui) 予金：打亮。
tshāi：豎立。
流湠 (thuànn)：漫開；傳承。

——得著二〇一七年教育部「閩客語文學獎」台語詩教師組第三名

揮動新文學的翅膀
在打亮心版大步邁進的地方
有豎立一尊人道主義的靈魂
屆時都會在街道、巷弄
都市、鄉村、教室、廚房，傳承
傳承自土地挖掘出來的香味

【註】賴和（一八九四年五月二十八日至一九四三年一月三十一日），台灣彰化人。原名賴河。本職是醫生，但是卻在文學領域留下盛名，尤其是他的詩作，被公認是台灣最有代表性的民族詩人。賴和不但是台灣日治時期重要的作家，同時也是台灣一九三〇年代作家所公認的文壇領袖，曾經催生、主編過《台灣民報》的文藝欄。曾經主編新潮文庫的醫生文人林衡哲，則尊稱賴和為「台灣現代文學之父」。彰化市民尊稱賴和「和仔仙」。詩中〈一桿稱仔〉、〈南國哀歌〉、〈獄中日記〉、〈不如意的過年〉、〈鬥鬧熱〉、〈一個同志的批信〉、〈未來的希望〉，均引自賴和的作品。（引自維基百科）

打狗風雲

時間是十七世紀拄起磅
打狗對馬卡道族的祭典精神
詩筆來到肚臍地寫一部風雲
第一筆欲對佗寫起？

咱先縮小海水的鹹度、駁岸的層次
閣再放大漁船的航線、人口的密度
一六二四年到二〇一七年，打狗到高雄市
按呢拄好踅一輾，一節噍拍

殖民者搦牢歷史的筋脈
起造媠氣的詐欺
經營高長的眠夢
魚網的張數等於一家口的腹肚皮
巷仔佮打馬膠路愈搝愈長
無人會去致意彼寡
紅毛鬼佮鄭家軍的刀疕
清兵佮阿本仔的歹聲嗽
陰鴆的柔軟，掩揜

拄 (tú)：剛。
佗 (tó)：哪。
駁岸 (poh-huānn)：堤防。
踅一輾 (se̍h tsi̍t-lìn)：繞一圈。
噍拍 (liâu-phik)：節拍。
搦牢 (la̍k-tiâu)：抓緊；掌控。
媠氣 (súi-khuì)：華麗；精彩。
高長 (tshiâng)：高大。
搝 (khiú)：拉。
彼寡 (hit-kuá)：那些。
刀疕 (khî)：刀痕。
陰鴆 (im-thim)：陰沉。

打狗風雲

時間是十七世紀剛起步
打狗從馬卡道族的祭典精神
詩筆來到發源地寫一部風雲
第一筆要從哪寫起？

咱們先縮小海水的鹹度、堤防的層次
再放大漁船的航線、人口的密度
一六二四年到二〇一七年，打狗到高雄市
這樣剛好繞一圈，一節節拍

殖民者掌控歷史的筋脈
砌造華麗的欺詐
經營高大的夢想
魚網的張數等於一家子的肚皮
巷子與柏油路越拉越長
沒人會去理會那些
紅毛鬼與鄭家軍的刀痕
清兵與日本人的壞口氣
陰沉的柔軟，掩蓋

兇惡的內才
時代粗淺的誤讀
親像魚鈎仔剪斷線

驚惶佇白色的油彩內底滾絞
語言佮文字是袂見光的暗器
親像肉砧的魚、鍋仔內的湯
沉覕、拍翸
地獄大門開現現
天堂的鎖匙斷節

刺竹林的筋骨不時發出文獻的哼呻
大樓間接吮焦打狗四箍圍的原汁
落勾的馬卡道族佇遮攏歸零
鮮沢的文學筆尾
黏貼粗俗的骿條骨、器官
寫出假包的學術景緻

沉覕 (bih)：沉匿。
拍翸 (phún)：打滾、翻滾。
哼呻 (hainn-tshan)：呻吟。
吮焦 (tshńg-ta)：吸吮乾淨。
佇遮 (tī tsia)：在這裡。
鮮沢 (tshinn-tshioh)：新鮮。
骿條骨 (phiann-liâu-kut)：肋骨。
假包 (pâu)：冒牌貨。

兇惡的內在
時代粗淺的誤讀
彷佛釣竿剪斷線

惶恐在白色的油彩裡翻騰
語言和文字是見不得光的暗器
宛如肉砧的魚、鍋內的湯
沉匿、掙扎
地獄大門大開
天堂的鑰匙斷截

刺竹林的筋骨不時發出文獻的呻吟
大樓間接吸乾打狗周圍的原汁
遺漏的馬卡道族在這全歸零
新穎的文學筆鋒
拼貼粗俗的肋骨、器官
寫出虛假的學術景緻

痟狗湧懸五米

滾蛟龍衝到八級

八字運命逐字重寫

掠舢舨仔佮捷運、苦澀佮繁華

搙搙做伙發酵

予高雄港的記持上岸

殕黃的相片跔佇傳奇的死角

散赤的歷史會佇弓開身世的封條

坉飽寫實的真理

這部風雲歲月疊疊 -- 咧

欲倚四百冬

痟 (siáu) 狗湧：瘋狗浪。
滾蛟 (kau) 龍：海嘯。
逐 (ta̍k)：每。
掠 (lia̍h)：抓。
搙搙 (jio̍k-jio̍k)：用手搓揉。
殕 (phú)：灰色。
跔 (ku)：蹲。
坉 (thūn)：填。
倚 (uá)：接近。

——得著二〇一七年「打狗鳳邑文學獎」台語新詩組評審獎

——刊佇《海翁台語文學》第 193 期

瘋狗浪高五米
海嘯衝到八級
八字運命逐字重寫
拿舢舨仔與捷運、苦澀與繁華
搓揉一起發酵
讓高雄港的記憶上岸

灰黃的相片蹲在傳奇的死角
貧窮的歷史會在撈開身世的封條
填滿寫實的真理
這部風雲歲月疊一疊
將近四百年

阿母的記持愈來愈洩

阿母的記持愈來愈洩
閂袂記得閂
煎魚袂記得下鹽
問話袂記得踏擋仔
牽狗仔袂記得縛鍊仔

伊常在半暝坐佇眠床頭
焦瘦的影親像堅凍去
月光泅過霧霧的魚尾紋
白茫茫的目神相烏墨墨的天
半開合的喙不時咧喃
夢又閣旋去佗？

伊上驚孫仔咧叫阿媽的聲調
He 幼麵麵的司奶
會共歲月的空喙紩密
會共老顛倒捙甲規塗跤

洩 (tsiánn)：味淡；色淡。
閂 (tshuànn)：關門。
焦 (ta) 瘦：枯瘦。
泅 (siû)：游泳。
相 (siòng)：看；望。
喃 (nauh)：自言自語。
旋 (suan)：偷溜。
he：那。
司奶 (sai-nai)：撒嬌。
紩密 (thīnn-bā)：縫得緊密。
老顛倒 (lāu thian-thóh)：指老年人腦力和記憶力衰退，說話做事顛三倒四。
捙 (tshia)：打翻。

母親的記憶越來越淡

母親的記憶愈來愈淡
門會忘記關
煎魚會忘記撒鹽
問話會忘記踩煞車
遛狗會忘記栓鍊子

她經常半夜坐在床頭
枯瘦的身影彷彿結冰
月光泅過模糊的魚尾紋
白茫茫的眼神望向黑漆漆的天
半開半合的嘴不時呢喃
夢又溜到哪兒去了？

她最怕孫子在叫奶奶的聲音
那細嫩的撒嬌
會把歲月的傷口縫密
會把痴痴呆呆灑得滿地

伊上愛共報紙自頭到尾掀透透
目光總會牢佇
無仝相片無仝名姓無仝地址的
揣人啟事，伊講
He pháng 見的人伊攏捌

當黏黐黐的心悶沓沓仔牽絲
阿爸就會對壁頂的相片行 -- 出 - 來
向輕聲細說的青春徙近，阿母講
彼搭比現實較狹、比眠夢較闊

阿母的記持愈來愈泩
賰幾句仔日語摻台語會牢喙
Mooh-mooh 的喙唇，離離落落
黏門對搖笱到搖椅的面框

牢 (tiâu)：附著；沾黏。
無仝 (kâng)：不同。
pháng 見：遺失。
捌 (bat)：認識。
黏黐黐 (liâm-thi-thi)：黏答答。
徙 (suá) 近：挪近。
賰 (tshun)：剩下。

——得著二〇一八年第七屆「台中文學獎」台語詩組佳作

她最喜歡將報紙從頭到尾翻個透
眼光總會停留在
不同相片不同姓名不同地址的
尋人啟事，她說
那些遺失的人她都認識

當黏稠的思念緩緩纏絲
父親就會從牆上的相片走出來
向輕聲細語的青春挪近，母親說
那裡比現實窄、比夢寬

母親的記憶愈來愈淡
剩下幾句日語摻雜台語會黏嘴
癟癟的嘴唇，零零落落
拼貼從搖籃到搖椅的輪廓

一粒重頭生的心咧跋允准的 siūnn 桮

吞落一把痟藥仔的青春
戴一頂鬼仔殼行佇趨 -- 去的路
尻脊骿青龍的目睭大大蕊
閃爍背骨的光
心喙含一粒暗毿的情緒
佇走精的歲月
據在刀光劍影四界聳鬚

放揀家己的夢
擲入去世俗的焚化爐
火鬚舞弄死亡的火星
He 是無人摸會著的燒度

罪孽油 tham-tham，沐著手
按怎洗嘛洗袂清氣

Tīng-khok-khok 的威嚴
踏陰鴆的皮鞋咧巡房
鐵窗外暗淡的月色

跋桮 (pua̍h-pue)：擲筊。
痟 (siáu) 藥仔：迷幻藥。
趨 (tshu)：傾斜。
尻脊骿 (kha-tsiah-phiann)：背部。
暗毿 (sàm)：陰森森。
聳鬚 (tshàng-tshiu)：囂張。
放揀 (sak)：放棄。
he：那。
油 tham-tham：油膩膩。
沐 (bak)：沾。
tīng-khok-khok：硬梆梆。
陰鴆 (thim)：陰沉。

一顆重生的心在擲允許的允茭

吞下一把迷幻藥的青春
戴一張假面具走在傾斜的路
背後青龍的眼珠子睜得老大
閃爍叛逆的光
心口含著一顆陰森森的情緒
在走樣的歲月
任由刀光劍影四處囂張

放棄自己的夢
擲入世俗的焚化爐
火苗舞弄死亡的火花
那是沒人摸得了的熱度

罪孽油膩膩,沾到手
怎樣洗都洗不乾淨

硬梆梆的威嚴
踏著陰沉的皮鞋巡房
鐵窗外暗淡的月色

裝扮邪惡的面
無溫度的色水
無邊無岸的滄桑

我恬恬坐佇壁角
用淡薄仔暗色的感性
注目利劍劍的冷佇鐵窗框閃爍
捙勢咧回想留佇古早的影
演奏一場寂寞的曲調

上愛潛入靈魂的深底，挖掘
記持佮現實的對話
向望原諒出手摒掃怨恨
共罪業大大下抨入去火葬場

行出拋荒的心園
尻川後遏趕的是
淒涼的背影，佮
老 khok-khok 的歲數

摒 (piànn) 掃：打掃。
抨 (phiann)：用力丟棄。
拋荒 (pha-hng)：廢棄。
尻川 (kha-tshng)：屁股。
老 khok-khok：老邁。

裝扮邪惡的臉
沒溫度的色澤
無邊無際的滄桑

我靜靜坐在牆角
用略為暗色的感性
專注於銳利的冷在鐵窗框閃爍
使勁回想留在往昔的影子
演奏一場寂寞的曲調

最喜歡潛入靈魂深處，挖掘
記憶與現實的對話
祈望原諒出手清掃怨恨
把罪業狠狠地扔進火葬場

走出荒廢的心園
在背後逼迫的是
淒涼的背影，和
老邁的歲數

一重一重死僫僫的意念
勼勼屈佇瘦卑巴的尊嚴 -- 裡

數想行出是非
敢通代先漂白
眠夢煞開喙喝枵
講用手拍故鄉的窗仔門
玻璃就會疊滿明明的掌紋
予心窟拑牢烘燒的數念
請用白布共我包絚絚
親像拄出世的紅嬰仔
吐出一 ínn 幼嫩的新穎

等待毋捌減肥過
毋管日子按怎消瘦按怎風騷
一粒重頭生的心
咧跋允准的 siūnn 桮

死僫僫 (giān-giān)：病僫僫。
勼 (kiu)：蜷縮。
瘦卑巴 (pi-pa)：瘦巴巴。
數 (siàu) 想：企圖。
敢通 (kám-thang)：能否。
枵 (iau)：餓。
拑牢 (khînn tiâu)：緊緊抓牢。
絚 (ân)：緊；牢固。
拄 (tú)：剛。
ínn：芽的量詞。
新穎 (ínn)：新芽。
毋捌 (m̄-bat)：未曾。
siūnn 桮：允筊。

——得著二〇一八年第八屆「台南文學獎」台語詩佳作

一層一層病懨懨的意念
曲蜷於瘦巴巴的尊嚴裡

妄想走出是非
是否該先漂白
夢卻開口喊餓
說用手拍打故鄉的窗子
玻璃就會疊滿清晰的掌紋
讓心窩緊附著烤熟的思念
請用白布緊緊包住我
彷彿剛出生的嬰兒
吐出一枚幼嫩的新芽

等待未曾減肥過
不管日子如何消瘦如何遊蕩
一顆重生的心
在擲允許的允茭

戲唱迎曦門

一七三三年的莿竹圍籬起鼓了後
親像灌風的鐵壁，箍絚
迎曦、挹爽、歌薰、拱宸，閣湠開
賓暘、告成、解阜、承恩，閣湠開
卯耕、觀海、耀文、天樞
奢颺的城門用自焚，用
姑不而將的架勢
離開城佮城、人佮人的敆縫
如今你只賭四分之一的夢
倚三百冬的記持

古老石碑顯出改朝換代的破碎
碑面的反光佇暗街仔順順仔滑落
護城河是你唯一的手尾錢
孤單的吊橋會當做見證

滑落的光流對老 -- 去的街
對十七世紀的竹塹第一街轉一个斡
就斡入二十世紀的中央路

箍絚 (khoo-ân)：圈緊。
湠 (thuànn) 開：蔓延擴大。
奢颺 (tshia-iānn)：風光。
敆 (kap) 縫：縫隙；夾縫。
賭 (tshun)：剩下。
倚 (uá)：接近。
斡 (uát)：轉彎。

戲唱迎曦門

一七三三年的莿竹圍籬開鑼後
彷彿膨脹的鐵牆，緊緊圈住
迎曦、挹爽、歌薰、拱宸，再蔓延
賓暘、告成、解阜、承恩，再蔓延
卯耕、觀海、耀文、天樞
風光的城門用自焚，用
不得已的姿勢
離開城與城、人與人的夾縫
如今你只剩下四分之一的夢
近三百年的記憶

古老石碑彰顯改朝換代的破碎
碑面的反光在暗街緩緩滑落
護城河是你唯一的遺產
孤單的吊橋可以做見證

滑落的光流向蒼老的街
從十七世紀的竹塹第一街轉個彎
便轉入二十世紀的中央路

花崗石面印出你一世人的跤跡
日子無話無句咧轉彎踅角
踅佇清朝、日治佮戰後的無仝色緻
破舊的傳奇換一粒「新竹之心」

行踏的跤印沓沓仔伸長
新出爐的城市洗盪護城河水
城隍爺老神在在坐佇市中央
看貧血的厝影佮膨皮的大樓喝酒拳
關帝廟壁堵的「憨番扛大樑」
消敨久年的鬱卒
親水公園河墘的柴椅仔
躼佇草仔埔恬恬欣賞
魚仔佮目睭耍水
花芳佮鼻仔盤撋
樹葉佮心窟做伙吟詩

光雕的手路打扮東門城
掩揜的燈光裝潢綠色花草

踅 (se̍h)：繞；逛。
沓沓仔 (ta̍uh-ta̍uh-á)：緩緩地。
洗盪 (tn̍g)：洗滌。
消敨 (tháu)：紓解。
躼 (the)：半躺。
盤撋 (puânn-nuá)：調情。
掩揜 (ng-iap)：隱密。

花崗石面印出你一輩子的足跡
日子沉默無語在拐彎抹角
繞於清朝、日治和戰後的不同色澤
破舊的傳奇換一顆「新竹之心」

走動的腳印漸漸延伸
新出爐的城市洗滌護城河水
城隍爺氣定神閒坐在市中心
看貧血的屋影與豐盈的大樓喊酒拳
關帝廟牆壁的「憨番扛大樑」
紓解長年的鬱卒
親水公園河邊的竹椅
斜躺在草皮上靜靜欣賞
魚兒和眼睛玩水
花香和鼻子調情
樹葉和心窩一起吟詩

光雕的手藝打扮東門城
隱密的燈光裝潢綠色花草

坎仔式燈光營造舞台色水
包裝透暝透日古蹟的面框

新點點的風若利利的刀
刀鋩劃過老街新市的手掌紋
二十四支粗柱撐懸你佇歷史的標頭
釘根的跤盤挺挺徛佇
古早佮現代的過坎戶模

對「北行紀」牽到「迎曦門懷古」箍一輾
拄好黏貼消失閣浮出的時代紋路
勻勻仔吟唱竹塹城坎坷的聲韻
佮興敗的傳說

刀鋩 (mê)：刀刃。
劃(liô)：切割。
戶模 (tīng)：門檻。
箍一輾 (lìn)：遶一圈。
拄 (tú) 好：剛好。

——得著第二〇一八年第六屆「台文戰線文學獎」現代詩優等獎

坎式燈光營造舞台色彩
包裝著晨昏晝夜古蹟的輪廓

嶄新的風如銳利的刀
刀刃切割老街新市的掌紋
二十四根立柱撐高你在歷史的招牌
釘根的腳盤堅挺佇立於
古早與現代的跨階門檻

從「北行紀」牽引到「迎曦門懷古」繞一圈
剛好拼貼消失又浮現的時代紋路
慢慢吟唱竹塹城坎坷的聲韻
與興敗的傳說

【註】竹塹城（淡水廳城）是臺灣新竹市在清朝時期建設的城池，創立於清雍正元（一七二三年），是當時淡水廳的廳治所在，現存的磚石城池則完成於一八二九年。該城池位於今日的新竹市中心，竹苗生活圈中心，因此有時也用「竹塹城」一詞來指整個新竹市。該城以城隍廟為中心，東門為迎曦門、西門為挹爽門、南門為歌薰門、北門為拱宸門。竹塹城現今唯一留存的迎曦門，是中華民國文化部所指定的國定古蹟。（引自維基百科）

記持開始食餌--ah
——詩寫外公陳 tsuē

你用汗水摻蚵殼烌，起造
「榕仔腳陳」的夢
時間絞轉去一九四〇年
你烏金金的肩胛
撐懸厝瓦的懸度

我的外媽你的牽手
你的查某囝我的阿母
佇海頭用勤儉破蚵仔
一隻一隻竹排仔規四界的蚵仔殼
映出黃昏的金黃光線
瓜笠仔下底忝忝的喙脣
沿路吟唱「望你早歸」
沿路收集你竹排仔駛--轉-來的 phok-phok 聲

我出世彼冬，你 tng 勇壯
挺挺的腰脊骨，粗粗的手蹄皮
幾巡久年搧海風的皺紋
共竹排仔疊做漁船

烌 (hu)：灰燼、粉末。
懸 (kuân)：高。
忝 (thiám)：累。
tng：正值。

記憶開始吃餌了
——詩寫外公陳最

你用汗水摻蚵殼灰，打造
「榕仔腳陳」的夢
時間轉回到一九四〇年
你烏亮的肩膀
撐高屋瓦的高度

我的外婆你的妻子
你的女兒我的阿母
在海頭用勤儉剖挖蚵仔
一隻隻竹筏堆滿的蚵殼
映射出黃昏的金黃光線
斗笠下疲累的嘴唇
沿途吟唱「望你早歸」
沿途收集你竹筏回航的引擎聲

我出生那年，你正值壯年
堅挺的腰脊，粗糙的掌皮
幾條長年受海風侵襲的皺紋
將竹筏疊成漁船

埠頭是你討海背景的烏白相片
安平港是你上飄撇的象徵

我會曉掠田嬰的時陣
你是我上 tīng-ta̍uh 的韆鞦
共我悓對樂暢的天頂尾
風吹摸懸我的笑聲
南洋鯐仔、烏鯽仔、金線鰱
攏佇竹排仔的魚籗仔內
陪我聽你講古早古早的故事

Tng 你的腰脊骨彎作魚鉤仔
是我 tng 興拍籃球的年歲
我的疶仔子佮你的白內障
拄好是城市佮庄跤的距離
佇新型的 7-11 四箍輾轉
我揣無一條會當覕相揣的巷仔

共 (kā)：把；將。
埠 (poo) 頭：碼頭。
掠 (liah)：抓。
tīng-ta̍uh：堅固。
摸 (khiú)：拉。
南洋鯐 (tāi) 仔：鯉魚。
魚籗 (khah) 仔：魚簍。
疶 (thiāu) 仔子：青春痘。
拄 (tú) 好：剛好。
揣 (tshuē)：找。
覕 (bih) 相揣：捉迷藏。

碼頭是你捕魚背景的黑白相片
安平港是你最瀟灑的象徵

我懂得抓蜻蜓的時候
你是我上最堅固的鞦韆
把我盪向歡愉的天空
風箏拉高了我的笑聲
鯉魚、鯽魚、鰱魚
都在竹筏的魚簍裡
陪我聽你講古早古早的故事

當你的腰脊彎成釣魚竿
是我正瘋迷打籃球的年紀
我的青春痘與你的白內障
剛好是城市與鄉下的距離
在新型的 7-11 四周圍
我找不到一條可以玩捉迷藏的巷子

揣無會當耍珠仔的後尾埕
揣無轉一下斡就買著枝仔冰的 kám 仔店

阿公，你倒 -- 落 - 去彼冬
冤家相拍是我照三頓寫的宿題
我袂記得厝埕的紅心菝仔有偌甜
我袂記得安平古堡榕仔跤你行棋的目神
我袂記得漁船 tang 時拆作柴箍
我袂記得祖厝 tang 時變作「榕仔腳陳」宗祠

歲月 pháng-kiàn 的痕跡
是阿媽喙角流 -- 落 - 的
是阿母數念補充 -- 的
鬥 -- 出 - 來的形體
霧霧汫汫

幼幼韌韌的魚線
綴魚鈎仔惝對深落的安平港

轉斡 (tńg-uát)：轉彎。
kám 仔店：雜貨店。
菝仔：番石榴。
tang 時：何時。
pháng-kiàn：遺失。
數 (siàu) 念：思念；懷念。
汫 (tsiánn)：淡。
綴 (tuè)：跟隨。

找不到可以玩彈珠的後院
找不到轉個彎就買到冰棒的雜貨店

阿公，你過世那年
逞強鬥狠是我最常寫的功課
我忘記了宅院的紅心芭樂有多甜
我忘記了安平古堡榕樹下你下棋的眼神
我忘記了漁船何時拆成碎木頭
我忘記了祖屋何時變成「榕仔腳陳」宗祠

歲月遺失的痕跡
是外婆嘴角流下的
是阿母思念補充的
拼湊而成的樣貌
濛濛淡淡

細嫩卻堅韌的釣魚線
隨魚竿甩向深邃的安平港

指頭仔小可振動

啊！記持開始食餌 --ah

【註】海頭：安平六个角頭之一的「海頭社」。

——得著二〇一九年第九屆「台南文學獎」台語詩首獎

——刊佇《台江台語文學》第 32 期

手指頭微微震動

啊！記憶開始吃餌了

擯龜詩

記持開始食餌

古蹟是徛佇世界邊墘的流浪漢

傳奇的風趖過門縫
冷冷的暝抽焦燒燒的面
像一條光線，落落枵饑的無底洞
時間的後齻咧齧心跳

古蹟是徛佇世界邊墘的流浪漢
佇繁華的暗影，頭攲攲，恬聽
霓虹閃爍的聲調
滾絞冇冇的人氣；恬聽
誰的跤底，黏著歲月的冷淡

割開宇宙的孤獨，軁入磅空
記持對心肝窟仔擘開
傳說咧孵膿、流血
薄薄的影沓沓仔抽長
碑文吊佇情緒的褲跤
據在臭殕的話屎發酵

趖 (sô)：慢爬。
焦 (ta)：乾。
落落 (lak-loh)：掉進。
後齻 (tsan)：臼齒。
齧 (khè)：啃。
攲 (khi)：傾斜。
滾絞 (ká)：翻騰；掙扎。
冇冇 (phànn-phànn)：鬆軟。
軁 (nǹg)：鑽。
擘 (peh)：剝。
孵膿 (pū-lâng)：化膿。

古蹟是站在世界邊緣的流浪漢

傳奇的風爬過門縫
酷冷的夜吸乾滾燙的臉
像一束光線，掉進飢餓的深淵
時間的臼齒在啃噬心跳

古蹟是站在世界邊緣的流浪漢
在繁華的陰影，斜著頭，聆聽
霓虹閃爍的聲調
沸騰虛空的人氣；聆聽
誰的鞋底，黏著歲月的冷淡

割開宇宙的孤獨，鑽入時光隧道
記憶從心窩剝開
傳說在化癑、流血
單薄的影子慢慢抽長
碑文垂掛在情緒的褲腳
任由發霉的廢話發酵

靈魂咧喝枵、恬靜咧放炮
廟內的香烌鬱卒
廟外的紅霞顯目
古蹟壓低帽仔唇
坐佇崩 -- 去的歷史戶模
伸手化緣

承 -- 著的眼神，門做
島嶼的嚷鬧佮喙唇佮心的距離
無聲的旋律、不安的心槽
實佮虛相疊
悲佮目屎相炁
記持的密度寬寬仔烌 -- 去

時間用眠夢的屈勢相辭
寂寞是一節加 -- 出 - 來的坐清

喝枵 (huah-iau)：喊餓。
香烌 (hiunn-hu)：香灰。
戶模 (tīng)：門檻。
承 -- 著 (sîn--tioh)：接到。
炁 (tshuā)：引領。
烌 (hu)-- 去：腐化成灰。
坐清：沉澱。

靈魂在喊餓、寂靜在放鞭炮
廟內的香灰鬱悶
廟外的紅霞顯眼
古蹟壓低帽緣
坐在崩塌的歷史門檻
伸手化緣

承接的眼神，拼成
島嶼的喧鬧與唇與心的距離
休止的旋律、不安的心坎
實與虛相疊
悲與淚相隨
記憶的密度漸漸火化

時間用夢想的架勢辭別
寂寞是一節多出來的沉澱

當偷偷仔換氣
氣佮氣中間的閬縫
讀出閩南、客家佮原住民的字勻

褪落漚爛的輪迴
殕黃的相片捏出血脈的形體
你數想離開、數想
吐出一 ínn 鮮沢的新穎
撨一款無仝的色水
黗佇看袂著的夾縫
寫一首夢來開花湠葉
予傷疕的隱喻
破開重頭生的掌紋
遷徙去 siūnn 桮允准的所在

遐！——所有的空間攏閬 -- 出 - 來
攏予永久，佮
當咧調性命色緻的你

——刊佇《台灣文藝》創刊號

閬 (làng) 縫：縫隙：空隙。
漚 (àu) 爛：腐爛。
殕 (phú) 黃：灰黃。
ínn：芽的量詞。
鮮沢 (tshinn-tshioh)：新鮮有光澤。
撨 (tshiâu)：調整。
無仝 (kâng)：不同。
黗 (tòo)：暈染。
傷疕 (khî)：傷疤。
siūnn 桮：允筊。
遐 (hia)：那裡。
閬 (làng)：騰出。
當咧 (tng-leh)：正在。

正偷偷地換氣
氣與氣中間的縫隙
讀出閩南、客家與原住民的命運

脫下腐爛的輪迴
灰黃的相片捏出血脈的形狀
你企圖離開、企圖
吐出一片新鮮的芽
調配一種不同的顏色
渲染於密合的夾縫
寫一首夢來開花散葉
讓傷痕的隱喻
劈開重生的掌紋
遷移至允筊允許的所在

那裡！——所有的空間都騰出來
都給永恆，與
正在調製性命色澤的你

紅毛港崩--去的血跡

歷史的龍骨向西爿趨--去
孤 khu̍t 覆佇紅毛港的掌紋頂
用入世的架勢巡頭顧尾

荏 siān 佇咾咕石投降的
巷仔尾　吮
崩--去的血跡

了然徛佇高字塔的兩角頭　連接
炸船封港的抗議聲　佮
林少貓的英雄史

Pháng 見的舢舨仔　載滿烏魚
載滿紅筋仔　載滿
記持　鑿入文獻的頁縫

遠遠泅--來的卡越仔
尾溜拖--來-的　敢是
閩港廟起駕的香芳？

爿 (pîng)：邊。
趨 (tshu)：傾斜。
孤 khu̍t：孤僻；孤絕。
覆 (phak)：趴。
荏 (lám) siān：倦怠。
吮 (tshńg)：吸吮。
徛 (khiā)：站。
pháng 見：遺失。
紅筋仔：蝦苗。
鑿 (nn̄g)：鑽。
卡越仔：單拖漁船。
香芳 (hiunn phang)：油香味。

紅毛港崩垮的血跡

歷史的龍骨向西方傾斜
孤絕趴在紅毛港的掌紋上
用入世的架勢前後搜尋

倦怠在咾咕石投降的
巷尾　吸吮
崩垮的血跡

枉然站在高字塔的兩端　連接
炸船封港的抗議聲　與
林少貓的英雄史

遺失的舢舨　載滿烏魚
載滿紅筋仔　載滿
記憶　鑽進文獻的扉頁

遠遠泅泳而來的卡越仔
尾巴拖來的　是
闔港廟起駕的油香味嗎？

黏文明的趕狂佮冷淡
敢是紅毛番船鐘　噹噹噹的
回韻？

柱仔腳是一支
漆傳奇的箭
射向禁氣的高鐵大樓

當白馬鞍藤放棄抵抗
坐清是莿蔥腳一款
孤面的衰老

彼節被城市拆食的埠頭啊！
用一捲魔幻佮寫實
黏貼弄家散宅的圖樣

張鰲伯仔驕雄的喊喝
倚佇蝦仔街的耳空邊　好親像
好親像咧吐大氣

埠(poo)頭：港埠；碼頭。
倚(uá)：倚靠。

黏著文明的猖狂與冷漠
是紅毛番船鐘　噹噹噹的
回韻嗎？

柱仔腳是一支
漆著傳奇的箭
射向噤聲的高鐵大樓

當白馬鞍藤放棄抵抗
沉澱是莿蔥腳一種
獨然的衰老

那節被城市吞食的碼頭啊！
用一捲魔幻與寫實
拼貼家破人亡的圖樣

張鼇伯仔驕傲的吆喝
靠在蝦仔街的耳邊　彷彿
彷彿在深深嘆氣

Si So Mi 響亮佇斜西的時刻
向歲月乾杯
關佇時代磅空的竹排仔啊！

暝頭的蚵仔寮墘
四五个觀光客
對生份行倚 -- 來
閣再生份行走

幾跡淺淺的跤印跋落
飛鳳寺的廟埕
詩句攑譀鏡徙近

Si So Mi：送葬曲，日語。
跋 (puah)：跌。
攑 (giah)：拿。
譀 (hàm) 鏡：放大鏡。

Si So Mi 響於斜陽的時刻
跟歲月乾杯
囚禁於時空隧道的竹筏啊！

傍晚的蚵仔寮邊
四五個觀光客
從陌生走來
再陌生離去

幾處淺淺的足跡跌在
飛鳳寺的廟埕
詩句拿放大鏡挪近

咧摸海沙路鹹鹹的溫度

溫度淡薄仔反黃

略約四百年跤兜的距離

——刊佇《台江台語文學》創刊號

摸著海汕路鹹鹹的溫度
溫度稍微變黃
大約四百年左右的距離

【註】紅毛港是過去位於高雄市小港區的一個村，與鹽水港、大林蒲及中洲相接壤。曾經是日本統治時期高雄州烏魚漁獲的主要產地。一九六七年高雄港第二港口開闢，紅毛港因此與旗津的中洲地區分離。在小港工業化與高雄港區擴建的過程中，紅毛港逐漸被貨櫃碼頭及工廠等設施包圍；長期的填海造陸，也使當地漁業所仰賴的海岸生態受到破壞。同時，紅毛港因為被劃入工業區或港區計畫之中而實施禁建，並計畫遷村。但計畫經過多年延宕與爭議，並歷經多次抗爭活動與陳情，如二〇〇二年時的「炸船封港」事件。

二〇〇六年五月，紅毛港遷村作業中的拆除工程開始同時也進行文物保留。二〇〇七年，紅毛港遷村作業完成，土地點交高雄港務局，之後再轉交陽明海運。紅毛港原址村落完全被移除。原本的紅毛港地區則主要成為二〇〇七年十二月開始興建的高雄港洲際貨櫃中心所在。（引自維基百科）

山跤的斑芝花

順恁現代的線條
我翕死一寡歷史的 DNA
加幾喙仔雪氣，佇冷冬
共家己刻作一仙雪地的美女雕像
Tshāi 踮恁定定經過的路口

風趖過跤縫
冷冷的暝抽焦燒燒的面肉
濛濛的雨恬恬掩崁我喙顊的目屎
割開宇宙的孤單
文明毋予恁看著我

詩的意境傷濟人寫
山的懸度傷少人去 -- 過
蛇鷹的翼股佇雪霧茫茫的山頂尾消失
恁的語言透過冰角的刀痕
穿迵雲腹
但是恁毋捌
毋捌向我探問

翕 (hip)：悶。
共 (kā)：給；把。
tshāi：豎立。
趖 (sô)：爬。
喙顊 (tshùi-phué)：臉頰。
傷濟 (siunn tsē)：太多。
穿迵 (tshng-thàng)：穿越。
毋捌 (m̄-bat)：未曾。

山腳下的木棉花

沿著你們現代的線條
我悶死一些歷史的DNA
添幾口雪氣，在冷冬
把自己雕成一尊雪地的美女雕像
豎立於你們時常經過的路口

風滑過腿間
酷冷的夜抽乾燒燙的臉
濛濛的雨靜靜遮掩我臉頰上的淚
割開宇宙的孤單
文明不讓你們看到我

詩的意境太多人寫
山的高度太少人去過
蛇鷹的翅膀在雪霧茫茫的山巔消失
你們的語言透過冰的刀痕
穿越雲腹
然而你們不曾
不曾向我探問

路口的暗語佮天梯的趨度

時間的下頦咧幼哺心跳聲音
我覕佇樹後佮石壁角
煙霧流湠的大地透濫一片白
咱攏仝款
走揣仝款的寶

恬靜爬入嚨喉
我望作一蕊雪雕的斑芝花
佇無人經過的小路
用目睭
Tsîn 頭前的路草
古早或者未來

——刊佇《海翁台語文學》第 207 期

趨 (tshu) 度：斜度。
幼哺 (pōo)：細嚼。
覕佇 (bih tī)：躲在。
流湠 (lâu-thuànn)：蔓延。
走揣 (tsáu-tshuē)：尋覓。
斑芝花：木棉花。
tsîn：直瞪。

路口的暗語和天梯的斜度

時間的下巴在咀嚼心跳聲音
我藏在樹後亂石間
煙霧彌漫的大地參雜一片白
我們都一樣
尋覓相同的寶物

寂靜爬進喉嚨
我望成一朵雪雕的木棉花
在無人經過的小路
用眼睛
直瞪眼前的路徑
亙古或未來

迵過光的黃昏
——高雄玫瑰聖母堂思記

上媠的月光幔一領柑仔紗
暝頭的巴士載滿旅客，迵過
光的黃昏

信徒佮非信徒喙內含「平安」
爬徙佇圓拱門墘
目睭仁無景緻的面色
佇祈禱聲內攬彩色玻璃壁窗，佇
祈禱聲外，感受
八角尖塔微微的震動
捙倒規鼎慾望
洗盪生命經脈，化作烏漉水
彈出無聲的管風琴

上媠的聲波嘛捌迵過年輪的心窟
留落的音樂，刻二字「奉旨」石碑
留落的神父，袂記得六十二籠銀兩的歷史
凡勢，郭德剛……只是
破舊的貯物間內底的

媠 (suí)：美麗。
幔 (mua)：披。
迵 (thàng) 過：穿越。
爬徙 (suá)：漫步。
捙 (tshia) 倒：推倒；打翻。
洗盪 (tn̄g)：洗滌。
烏漉 (lok) 水：汙水。
凡勢 (huān-sè)：也許。
貯 (té) 物間：貯藏室。

穿越光的黃昏
——高雄玫瑰聖母堂思記

最美的月光披上一件橙紗
傍晚的巴士載滿旅客，穿越
光的黃昏

信徒與非信徒嘴裡含著「平安」
漫步圓拱門邊
瞳孔無風景的臉色
在祈禱聲裡擁抱彩色玻璃壁窗，在
祈禱聲外，感受
八角尖塔微微的震動
推倒整爐慾望
洗滌生命經脈，化作烏水
彈出無聲的管風琴

最美的聲波也曾穿過年輪的心窩
留下的音樂，刻著二字「奉旨」石碑
留下的神父，遺忘六十二塊龍銀的歷史
也許，郭德剛……只是
破舊倉庫裡的

一塊老曲盤

一八五九年的雲雨淋佇旅客的額頭
佮耳空
成做光，佮霧
空白的禱詞是世界為恁
留落的難題
恁沓沓仔拍開喉空
用肥軟肥軟的捲舌
呵咾天主
玫瑰花窗的紋路
洩漏偽裝的虔誠
暗示有人咧暗念
全知佮無知的祕密

天主會當予世界啥物
世界會當予人啥物

沓 (ta'uh) 沓仔：慢慢地。
呵咾 (o-ló)：讚美。

一塊老唱片

一八五九年的雲雨淋在旅客的額頭
與耳朵
化成光，及霧
空白的禱詞是世界為你們
留下的難題
你們漸漸打開喉嚨
用肥軟肥軟的捲舌音
讚美天主
玫瑰花窗的紋路
洩漏偽裝的虔誠
暗示有人在默念
全知與無知的祕密

天主能給予世界什麼
世界能給予人什麼

黃昏對無仝的角度，慢慢

迵過恁，放棄恁，射落深色的暝

聖母頭攲攲，慈悲慈悲

喙角吊一揎光

攲 (khi)：傾斜。
揎 (kuānn)：串。

——刊佇《台江台語文學》第 5 期

——入選《中國鄉村詩選編》二〇一八年八月

黃昏從不同的角度，慢慢
穿越你們，放棄你們，射向深色的夜
聖母低頭微傾，滿懷慈悲
嘴角掛著一串光

【註】一八五九年郭德剛及洪保錄神父由西班牙屬地菲律賓的道明會，奉羅馬教廷派遣來台傳教。當時郭德剛神父以龍銀六十二圓購地草創，當時以稻桿茅草建屋，作為棲身及傳教之所。一八六〇年以土角磚改建命名為「聖母堂」。一八六二年再以紅磚、咕咾石、三合土改建聖堂，一八六三年完工後，自西班牙玫瑰省奉迎聖母像供奉，更名為「玫瑰聖母堂」，亦成為台灣地區最大的天主教堂。

十八尖山踅踅唸

啥人咧偷摸虎頭山的掌紋？
臭殕的道卡斯族
擋袂牢文獻的偷渡
啥人的祖先鬱卒若霜？

硬頸的攏愛徛透暝透日的風
刻寫薄薄悲悲的文字
痛苦的表情永遠仝一款樣
He 是記持匆碰的面框

對第一支山湠開月眉的八字
徛佇一百三一點七九的介壽亭
看烏水溝佮鑽油台喝酒拳
看竹塹按怎孵作新竹

囝孫拚勢 khok-pih 幸福的姿勢
猶原有鹹鹹洘洘的味

踅踅 (se̍h) 唸：碎碎唸。
臭殕 (phú)：發霉。
擋袂牢 (tiâu)：擋不住。
仝 (kâng)：相同。
湠 (thuànn)：漫開。
徛 (khiā)：站。
khok-pih：拷貝。
洘洘 (khó- khó)：濃稠。

十八尖山碎碎唸

誰在偷摸虎頭山的掌紋？
腐朽的道卡斯族
抵擋不住文獻的偷渡
誰的祖先鬱悶如霜？

硬頸的都要在日以繼夜的風
刻寫悲悲薄薄的文字
痛苦的表情永遠同一個模樣
那是記憶慌張的輪廓

從第一座山漫開弦月的八字
站在 131.79 的介壽亭
看台灣海峽與鑽油台喊酒拳
看竹塹如何孵化成新竹

子孫努力拷貝幸福的姿勢
依舊有濃濃鹹鹹的氣味

是南寮漁港的化身
停靠虛虛無神的目睭光

七、八公里的歷史
有咱的跤跡點點
你的胸坎，干焦文明量會 -- 出 - 來
粗勇的骨格，拄好撐懸時代

綿綿密密的風
吹落的幻想佮憂愁
反射城市的聲佮影
洗盪人群的跤步佮記持

這是一个悲哀的暗喻
比風吹過的沙痕閣較枯焦
重複對大樓的鏡微微仔笑
兼自我介紹

干焦 (kan-ta)：只有。
拄 (tú) 好：剛好。
懸 (kuân)：高。
洗盪 (tn̄g)：洗滌。
枯焦 (ta)：枯乾。

是南寮漁港的化身
停靠空蕩無神的眼光

七、八公里的歷史
有我們的足跡斑斑
你的胸懷，只有文明量得出來
勇碩的骨格，剛好撐高時代

綿綿密密的風
吹下的幻想與憂愁
反射城市的聲與影
洗滌人群的腳步與記憶

這是一個悲哀的暗喻
比風吹過的沙痕還要乾燥
重複對大樓的鏡子微笑
兼自我介紹

若掀開舊 --去的相簿
一張一張生菇的照片
倒佇夾縫的烏影內
畫面定格佇關鍵的三十三尊石觀音

你的語言是無法度徛起的違章建築
遐註解你的
攏成做縛屍布
覕佇你跤邊的字畫恬恬睏 -- 去

停跤佇詩化的風語
若輕快的變調
佇風林的巨葉頂懸
跳作一款永久的魔力

遐 (hia)：那些；那裡。
覕 (bih)：躲。

若掀開老舊的相簿
一張張發霉的照片
倒在夾縫的暗影裡
畫面定格在關鍵的 33 尊石觀音

你的語言是無以立足的違章建築
那些註解你的
都變成縛屍布
躲在你腳邊的字畫沉靜地睡去

駐足於詩化的風語
宛若輕快的變調
在風林的巨葉上
跳成一種永恆的魔力

十八支山尾溜有咱的彩虹佮夢

佇時間攲 -- 過進前

用祖先的聲調

挽回硬頸的習慣佮命盤

攲 (khi)：傾斜。

——刊佇《華文現代詩》第 14 期

十八座山頂有我們的彩虹與夢
在時間傾斜之前
用祖先的聲調
挽回硬頸的習慣與命盤

【註】十八尖山，由十八個峰頭所組成的丘陵地，位於新竹市的東南郊，約略呈新月形，蜿蜒約七、八公里。十八尖山主峰海拔僅一百三十公尺而已，最高處是一百三十一點七九公尺，最低處為五十公尺，平均坡度為百分之四十。（引自維基百科）

五月雪的傳說
——桐油花

空氣中飄浮雪的味
妳用一束山兜換天長地久
「請毋通閣飼我文明，我驚烏！」妳講
毋過萬蕊目睭共妳的靈魂挑觸作啥款的形體？

共一世人攏刻佇皮膚
愛按怎共清飄種作文化喜愛的氣味？
干焦輕輕鼻一下就滿地赤炎
天頂尾沉重親像一條霧煙
按怎證明佗一粒坱埃是妳的心思、妳的
無限的儼硬？
妳的白佇目睭內大聲喝叫

是隨俗的緣故是毋！就激力
嗽出一丸記憶
像利劍，共目光鑿予迵
迵入我的驚奇
瞬間放捒世界

山兜：山腰。
挑觸 (thio-tak)：撩撥。
清飄：飄逸。
干焦 (kan-ta)：只要；只是。
坱埃 (ing-ia)：灰塵；塵埃。
儼硬 (giám-ngē)：堅毅。
鑿予迵 (tsha̍t-hōo-thàng)：刺穿。
放捒 (sak)：放棄。

五月雪的傳說
——油桐花

空氣中飄浮著雪味
妳用一束山腰換取天長地久
「請不要再餵我文明，我怕黑！」妳說
可是萬朵眼眸將妳的靈魂撩撥成什麼樣貌？

把一輩子都刻在皮膚上
該怎樣將飄逸種成文化喜愛的氣味？
只輕嗅一下就炎夏滿地
天空沉重像一縷輕煙
如何證明哪一粒灰塵是妳的思緒、妳的
無限的堅毅？
妳的白在眸裡放肆尖叫

是媚俗的緣故吧！就使勁
咳出一團記憶
像利刃，將視覺刺穿
穿入我的驚豔
瞬間遺棄了世界

我極力收割妳所有的詩篇

洩漏的意象是

一片一片五月雪的傳說

——刊佇《台文戰線》第 47 號

——入選《中國鄉村詩選編》二〇一八年八月

我極力收割妳所有的詩篇
洩漏的意象是
一瓣瓣五月雪的傳說

黃昏暗戀（組詩）

1.

畫一个夢

拊掉

閣畫

濁濁的夢

爬滿滾絞的痕跡

2.

共世間的道德扛佇肩胛頭

擲掉現實佮理想

干焦為著一个

妳注目的笑

3.

心事淺淺仔啖拿鐵

數想解愁

煞吵著膏膏纏的憂

拊 (hú)：擦。
滾絞：掙扎；翻騰。
肩胛 (kah) 頭：肩膀。
擲 (hìnn)：丟棄。
干焦 (kan-ta)：只。
啖 (tam)：嚐。
數 (sàiu) 想：企圖。

黃昏暗戀

1.

畫一個夢
擦掉
再畫
混濁的夢
爬滿掙扎的痕跡

2.

將世間的道德扛在肩頭
甩掉現實與理想
單單為一個
妳專注的笑

3.

心事淡淡地淺嚐拿鐵
企圖解愁
卻吵醒了糾纏的憂

4.

撬開藏囥久長的情穎
剝落世間的目光
只有妳
我目睭內獨一的影像

5.

掠一把祝福
投入妳的夢湖
祈求絞起一揞一揞水波痕
水波痕漩開笑意
佇柔柔的睏眠 oh 底
釣起一仙深深媠影

6.

Sànn 心佇酒精內發酵
伸手想欲網掠浮沈的形影
掠牢的是
拍箍飛的孤單

藏囥 (khǹg)：隱藏。
穎 (ínn)：芽。
媠 (suí)；美麗。
sànn 心：愛慕。
掠牢 (lia̍h-tiâu)：抓牢；抓到。
拍箍飛 (phah-khoo-pue)：盤旋。
啉予焦 (lim-hōo-ta)：飲盡。
撓 (ngiau)：搔。

4.

撬開隱藏久遠的情苗
剝下世俗的眼光
唯有妳
我瞳孔裡獨一的影像

5.

抓一把祝福
投入妳的夢湖
祈求湧起一圈一圈漣漪
漣漪漫開笑意
在柔柔的睡眠深處
釣起一尊深深倩影

6.

愛慕在酒精裡發酵
伸手欲網羅浮沈的身影
抓住的是
盤旋再盤旋的孤單

一喙啉予焦
啉會焦相思
啉袂焦輕輕擽動的心

7.
愛是一埒沙
佇酒精發酵時刻
散發上真實的情

可惜！我無福氣

就含作一滴目屎！
佇妳、佇我
上 ȯh 交集的生命時刻

埒 (pû)：堆。
上 ȯh：最難。

一口飲盡吧

飲得盡相思

飲不盡輕輕騷動的心

7.

愛是一堆沙

在酒精發酵時刻

散發最真實的情

可惜！我沒這福氣

就化作一滴淚水！

在妳、在我

最難交集的生命時刻

8.

卸落無盡尾的思念

共一生

倒掉

挖空

干焦留落真

堅持選擇的堅持

9.

折掉一片使鬼弄蛇的牆

敢就會當抨掉一張無驚無怨的網

我應該激出偌大偌狂的湧

才會當斬斷世俗的眼神

絞起一世人走揣的盡尾

10.

撐起黃昏的重量

共才華、誠懇、認真

熔作一粒銀角仔

抨 (hìnn) 掉：丟棄。
偌 (juā)：多。
走揣 (tsáu-tshuē)：尋覓。

8.

卸下無盡的思念

把一生

倒掉

挖空

只留下真

堅持選擇的堅持

9.

拆掉一片挑撥是非的牆

是否就能拋開一張無怯無怨的網

我該激起多大多狂的浪

才能斬斷世俗的眼神

揚起一生尋尋覓覓的盡頭

10.

撐起黃昏的重量

將才華、誠懇、認真

熔作一枚銅板

投入月老的下願池

煞落落一張籤詩

「減一本手指簿仔」

落落 (lak-loh)：掉下。

——刊佇《台文戰線》第 47 號

投入月老的許願池
卻滑落一張籤詩
「少了一本存摺」

老歲仔

佇頭殼頂挽一枝老歲仔
插一枝少年家
寂寞是一節加 -- 出 - 來的議量
時間牢佇 mooh-mooh 的喙角
咧喃一世人的記持

過晝的窗仔門外
殕色的雲當咧街仔路走標
揣無一个會當攬的人
日頭光沓沓仔撨角度
嘛照袂出玻璃窗仔後壁
埋幾个面框

殕殕的歲月淡薄仔走精
靈魂嘛小可生銑
棉被蓋袂燒薄薄的人生
天色真緊就共影吮清氣

議量：消遣。
牢 (tiâu)：附著、沾黏。
mooh-mooh：乾癟。
喃 (nauh)：喃喃自語。
殕 (phú) 色：灰色。
揣 (tshuē)：找。
撨 (tsiâu)：調整。
生銑 (sian)：生鏽。
吮 (tshńg)：用嘴巴吸取。

老人

在頭頂摘一枝老人
插一枝少年
寂寞是一截多出來的消遣
時間攀附在癟癟的嘴角
呢喃一輩子的回憶

午後的窗外
灰色的雲正在街道慢跑
找不到一個可以擁抱的人
陽光緩緩地調整角度
也照射不到玻璃窗後
埋著幾個輪廓

灰暗的歲月略為走樣
靈魂也稍微生鏽
棉被蓋不暖薄薄的人生
天色很快就把影子吸吮乾淨

半節蠟條猶撐懸盡尾的火舌
一蕊焦花猶回想以早的浪漫
薄閣脆的夢啊
拚勢咧逐青春

睏神迒過下晡
暗霞隨跟佇尻川後
歲數一落眠就變成龜咧趖
搖椅是用孤單黏貼的
上驚一精神
記持就老 -- 去

——刊佇《野薑花詩刊》第 27 期

焦 (ta) 花：枯萎的花。
逐 (jioh)：追逐。
迒 (hānn)：跨越。
尻川 (kha-tshng)：屁股。
趖 (sô)：爬。

半截蠟燭仍撐高盡頭的火苗
一朵枯花仍回想以前的浪漫
薄又脆的夢啊
拚死在追逐青春

睡意跨過下午
晚霞隨即跟在身後
歲數一沉眠彷似龜爬
搖椅是用孤獨拼貼的
最怕一醒來
記憶就老去

紅毛城悲喜曲

開漉尾歷史的門扇枋
我擛跤，一迒就迒過四百冬

改朝換代親像銃子砰一聲
西班牙佇你的胸坎起作聖多明哥城
荷蘭破開你的心槽改作安東尼堡
鄭成功共你畫作媠噹噹的紅毛城
清朝據在你無名無姓抛荒四十冬
英國共你的皮膚換一軀紅帕帕
日本接收你的八字淡水才出世
一九八〇老神在在坐佇台灣的尪架桌

有惡夢歇佇島嶼被拆食落腹的暗影內底
起一座悲傷閣歪斜的墓
親像暗洞內閃爍的目瞯
酷行、殘破、生瘡的恐怖

揀 (sak) 開：推開。
門扇枋：門板。
迒 (hānn)：跨。
銃子 (tshìng-tsí)：子彈。
佇 (tī)：在。
媠 (suí) 噹噹：非常漂亮。
抛荒 (pha-hng)：荒廢。
共 (kā)：將；把；給。
一軀 (su)：一套；一件（衣服）。
尪 (ang) 架桌：神明桌。

紅毛城悲喜曲

推開滬尾歷史的門板
我抬腳，一跨就跨過四百年

改朝換代彷彿子彈砰一聲
西班牙在你的胸懷砌造聖多明哥城
荷蘭剖開你的心窩改成安東尼堡
鄭成功把你畫妝成美麗的紅毛城
清朝任由你無名無姓荒廢四十年
英國把你的皮膚換一套豔紅
日本接收你的八字淡水才出生
一九八〇氣定神閒坐在台灣的神明桌

有惡夢歇於島嶼被生吞活剝的暗影裡
砌一座悲傷且歪斜的墳墓
宛如暗洞裡閃爍的眼睛
殘酷、破敗、長瘡的恐怖

我聽見濟濟士兵的靈魂佇地牢的喝叫
我聽見無仝的信仰佇時代的磅空輪迴
我聽見南門徛佇觀音石無奈的哼呻
我聽見戍台夕陽佇凌遲過歲月堅持

天色佇觀光客的目睭內轉踅
踅過十二幅 VR 磚雕佮沿路的界碑
就是文獻重頭生的見證

影袂閣孤單，有光佮你開講
講你坎坷的命運、講你興敗的滄桑
你毋免煩惱明仔載的文明
也毋免先替家己寫碑文
九面旗咧搬你改頭換面的戲齣
防砲臺咧講你粗身重骨的傳說

無仝 (kâng)：不同。
徛 (khiā)：站。
哼呻 (hainn-tshan)：呻吟。
轉踅 (tńg-se̍h)：旋轉。
踅 (se̍h)：繞；逛。

我聽見很多士兵的靈魂在地牢的喊叫
我聽見不同的信仰在時空隧道輪迴
我聽見南門站在觀音石無奈的呻吟
我聽見戍台夕陽在淩遲過歲月堅持

天色在觀光客的眼中盤旋
繞過十二幅 VR 磚雕與沿路的界碑
就是文獻重生的見證

陰影不再孤單，有光與你聊天
聊你坎坷的命運、聊你榮衰的滄桑
你毋須煩惱明天的文明
也毋須先為自己寫碑文
九面旗在扮演你改頭換面的戲碼
防砲臺在說你堅毅不屈的傳說

觀光客行踏閣離開的跤步聲

是歷史予你上奢颺的眠夢

奢颺 (tshia-iānn)：風光。

——刊佇《台江台語文學》第 28 期

——刊佇《掌門詩學》第 72 期

觀光客來來往往的腳步聲
是歷史給你最風光的夢

【註】紅毛城，古稱安東尼堡，是一座位於台灣新北市淡水區的古蹟。最早建城是在一六二八年統治台灣北部的西班牙人所興建的「聖多明哥城」，但後來聖多明哥城遭到摧毀，一六四四年荷蘭人於聖多明哥城原址附近予以重建，又命名為「安東尼堡」。而由於當時漢人稱呼荷蘭人為紅毛，因此這個城就被他們稱作紅毛城。一七二四年，臺灣府淡水捕盜同知王汧開始整修紅毛城，增闢了四座外圍城門。一八六七年以後，紅毛城開始由英國政府租用，作為領事館，並於其旁興建領事官邸。一直到一九八〇年，該城的產權才轉到中華民國政府手中，指定為一級古蹟並開放供民眾參觀。紅毛城被視為台灣現存最古老的建築之一，也是中華民國內政部所頒訂的國定古蹟。(引自維基百科)

按怎回妳的批

朗讀妳寄予我的批
響閣有力的聲音欲倚四百冬
每一字燒燙燙的筆劃
嘛行有百三冬
郵戳的印痕早就霧 -- 去
看袂清 tang 時掔入批桶

妳迒過文明的改朝換代
當跤盤停佇高鐵的門口埕
妳看著出出入入的人
鬥一支無仁的喙
假作失智若行若喃
喃妳聽無的聲調
煞著驚僥疑
晟養土地大漢的
是佗一支失去掌紋的手

掔 (khian)：投擲。
迒 (hānn)：跨越。
喃 (nauh)：喃喃自語。
僥疑 (giâu-gî)：狐疑。

如何回妳的信

朗讀妳寄給我的信
強而有力的聲音接近四百年
每一字滾燙的筆劃
也走了一百三十年
郵戳的印漬早已模糊
看不清何時投入郵筒

妳跨過文明的改朝換代
當腳步停在高鐵的門口
妳看到進進出出的人
安裝一張無意義的嘴
假裝失智邊走邊說
說著妳聽不懂的聲調
竟然吃驚狐疑
扶養土地成長的
是哪隻失去掌紋的手

妳有 tang 時仔聽著
走精的台語佮端 tiah 的北京語
佇人濟濟的所在弄拐仔花
妳有 tang 時仔讀著
薄薄的台文 kheh 佇厚厚的華文敆縫
拼命喘氣

佇走揣歷史落勾去的空白記持
聲音佮文字攏已經重頭輕
寫了閣拊掉的字劃
擛頭佮妳的悲哀拍招呼

妳佇批尾問我哪會按呢
阿母的語言啊！
我欲按怎回妳的批

端 tiah：字正腔圓。
敆 (kap) 縫：夾縫。
拊 (hú) 掉：擦拭掉。

——刊佇《台江台語文學》第 33 期

妳有時候聽到
走樣的台語和標準的北京話
在人多的地方耍嘴皮子
妳有時候讀到
薄薄的台文擠在厚厚的華文夾縫
使勁呼吸

在尋找歷史遺漏的空白記憶
聲音與文字都已頭重腳輕
寫了又擦的筆劃
正抬頭跟妳的悲哀打招呼

妳在信末問我為何會這樣
阿母的語言啊！
我該如何回妳的信

懺悔準備開市

展開掌紋，纏纏密密
算袂清的拳路、刀痕
相袚、牽 kô
親像命運若光若暗的火星
滄桑插入來，暗較加光

刺字是八字走精的符號
虛華是日夜參拜的神佛
血跡佇拳頭母反生換熟
你離經的跤步一踏開
就共故鄉摼對尻川後

佇繁華的暗影裡
你毋捌正面看日頭
霧霧的霓虹燈閃爍
虛虛的噗仔聲滾絞
敗市的青春
換一摃號碼

相袚 (phuah)：交叉相疊。
牽 kô：糾纏不清。
摼 (khian)：投擲。
尻川 (kha-tshng)：屁股。

懺悔準備發市

攤開掌紋，綿綿密密
數不清的拳路、刀痕
相疊、攬纏
彷佛命運忽明忽暗的火花
滄桑插進來，暗多於光

紋身是八字走樣的符號
虛華是日夜參拜的神佛
血跡在拳頭上翻來覆去
你荒誕的腳步一踏出
便將故鄉棄於背後

在繁華的暗影裡
你不曾正面看太陽
模糊的霓虹燈閃爍
稀虛的噗仔聲沸騰
滯銷的青春
換一串號碼

堅疕的空喙共單純
畫烏漆白，你伸手
扲記持的橐袋仔
扲無國校仔冊揹仔藏的尪仔標
扲無國中偷食薰的番仔火
扲無高中純情的芳水批紙

烏墨墨的天棚揜罩白蔥蔥的靈魂
黃 phí-phí 的面形摼佇漚爛爛的壁堵
青恂恂的喙脣幼幼仔哺重墜墜的代價
鋩鋩角角的面框予鋩鋩角角的管理磨鈍去
利劍劍的目睭予利劍劍的制度削薄去

予鐵窗枝破爿的月光
有落霜的臭羶味
孤 ta̍k 的心喙焦 khok-khok
嗽袂出陳年的鬱卒
吞袂落半世人的怨嘆
獄卒沉沉的皮鞋聲

堅疕 (phí)：結痂。
扲 (gîm)：從口袋裡拿東西。
橐 (lak) 袋仔：口袋。
黃 phí-phí：面黃肌瘦。
摼 (khōng)：砌。
漚 (àu) 爛爛：腐爛。
鋩 (mê) 鋩角角：有稜有角。
破爿 (pîng)：剖半。
臭羶 (hiàn) 味：腥臭味。
孤 ta̍k：孤僻。
焦 (ta)khok-khok：乾涸。

結疤的傷口把單純
胡亂塗鴉，你伸手
探入記憶的口袋
抓不著小學書包藏的紙牌
抓不著國中偷抽菸的火柴
抓不著高中純情的香水信紙

烏黑的天花板籠罩蒼白的靈魂
灰黃的臉型砌於腐爛的牆壁
發青的喙唇細嚼沉重的代價
稜稜角角的輪廓被稜稜角角的管理磨鈍了
犀利的眼睛被犀利的制度削薄了

被鐵窗剖半的月光
有下霜的腥臭味
孤僻的心口乾涸
咳不出陳年的鬱卒
吞不下半輩子的悲嘆
獄卒沉甸甸的皮鞋聲

一聲一聲咧搧良心的面底皮
沉悶的歲月長落落
年久月深共你的龍骨佮
尊嚴，硩彎去

深眠的夢是阿母的子宮
猶有羊水咧發酵
會當淹死幾世的冤親債主
會當洗盪烏暗漂白罪孽
會當攬抱心悶的脆弱
會當孵出性本善的細胞

拍殕光烘焦悲傷
你共目屎、數念抾抾咧
順手共懺悔推予金
準備開市

——刊佇《野薑花詩刊》第 33 期

硩 (teh)：壓。
拍殕 (phú) 光：黎明。
抾 (khioh)：撿。

一聲聲摑著良心的臉皮
沉悶的歲月悠長
經年累月把你的龍骨和
尊嚴，壓彎

沉睡的夢是母親的子宮
那裡有羊水在發酵
可淹死幾世的冤親債主
可洗滌黑暗漂白罪孽
可擁抱相思的脆弱
可孵出性本善的細胞

黎明烘乾悲傷
你把淚水、思念撿一撿
順手把懺悔打亮
準備發市

山風聯寫

記持開始食餌

鳳凰花開花謝

妳佇囡仔時的運河邊
沿路𤆬我指認紅帕帕的意象
摻幾聲仔拄迒過夏至的蟬仔聲
彼當陣痱仔子猶未出世

意象佇成長中牽藤
一直到中年才共視線切斷
妳佇熱 -- 人花開花落的季節
成做一句隱喻

歲月共日記掀殕 -- 去
嘛共頭毛掀白 -- 去
我夢著妳
佇記持內底　愣 -- 去

𤆬 (tshuā)：帶領。
拄 (tú)：剛剛。
迒 (hānn)：跨。
痱 (thiāu) 仔子：青春痘。
殕 (phú)：灰色。
愣 (gāng)-- 去：愣掉了。

——刊佇《台文通訊 BONG 報》第 301 期

鳳凰花開又逢君

妳在童年的運河畔
沿路帶我指認鮮紅的意象
夾雜幾聲剛越過夏至的蟬嘶
那時青春尚未問世

意象在成長裡延伸
直到中年才將視線截斷
妳在夏花開合的季節
成了一句隱喻

歲月翻灰了日記本
也翻白了鬢髮
我夢到妳
愣在記憶裡

【註】鳳凰花是台南市的市花，同時台南市也稱「凰鳳城」。早期鳳凰花在台南市到處均可看見，運河邊、南門路的鳳凰花是最多的。幾經幾屆市長更迭，大量砍除鳳凰樹　，目前僅剩幾處古蹟才得見鳳凰花跡。

清風，用甘韻飼我

熱 -- 人的運河水痕光淋佇安平
我雙跤佇赤炎內拍滂泅
一陣鹹鹹的清風
當咧挲我的記持

蚵仔煎咧擽喙舌尾
趒跳的生甜、閉思的鬆軟
一咬落
就是〈安平追想曲〉

毋管日子按怎拖沙、按怎消瘦、按怎
媠氣
佮鹹、甜、酸、薟
餾臭酸粿
一粒老 -- 去的心
數想欲走揣仝款的節奏

拍滂泅 (phah-phōng-siû)：打水花。
挲 (so)：撫摸。
記持 (kì-tî)：記憶。
擽 (ngiau)：搔癢。
喙舌尾：舌尖。
趒 (tiô) 跳：雀躍。
媠氣 (suí-khuì)：精彩；漂亮。
薟 (hiam)：辣。
餾臭酸粿：敘舊。餾 (liù)：複習。
數想 (siàu-siūnn)：企圖；妄想。
走揣 (tsáu-tshuē)：尋找。

清風，飲我以甘醇

炎夏的運河波光淋在安平
我雙腳在炙熱裡打水花
一陣鹹鹹的清風
正撫摸著我的記憶

蚵仔煎搔著舌尖
雀躍的鮮甜、保守的鬆軟
一咬下
就是〈安平追想曲〉

不管日子如何遲緩、如何消瘦、如何
精彩萬分
與鹹、甜、酸、辣
敘舊
一顆蒼老的心
企圖尋找相同的節奏

囡仔咻佇風中踅踅唸

每一句，攏有

甘甘的喉韻

踅踅唸：碎碎唸。

——刊佇《台文戰線》第 48 號

——刊佇《台江台語文學》第 27 期

童年味道在風中碎碎唸

每一句，都有

甘醇的喉韻

歲月的面框

用 kha-me-lah 翕家己的正面
半百的手，提袂絚
淡薄仔掣
霧霧的面框，色水走精

提掉！閣翕
親像少年毋認輸的荖仔氣
提掉！閣翕
親像青盲的毋驚銃

銃子噴出
青春化 -- 去

釘跤鍺的跤胴骨
kha̍h 一重銑
覆佇壁角的獎盃
嘛 kha̍h 一重銑
社會版的橫霸面
已經 pháng 見

kha-me-lah：照相機，日語。
翕 (hip)：拍照。
絚 (ân)：緊；牢。
掣 (tshuah)：顫抖。
銃 (tshìng)：槍。
化 (hua)：熄滅。
跤胴 (tâng) 骨：踝骨。
kha̍h：凝結；沉積。
重 (tîng)：層。
銑 (sian)：汙垢；鏽。
覆 (phak)：趴。
pháng 見：遺失。

歲月的圖騰

用相機拍自己的右臉
半百的手，拿不穩
微微顫抖
模糊的輪廓，色澤走樣

刪除！再拍
彷彿年少不服輸的驕氣
刪除！再拍
彷彿初生之犢不畏虎

子彈噴出
青春熄滅

釘腳鐐的腿骨
卡一層垢
趴在牆角的獎盃
也卡一層鏽
社會版的凶狠
已經遺失

藝文版的笑容佮名字

嘛已經黃 -- 去

共光環埋入記持

手就袂掣

點一支薰

用 kha-me-lah 翕家己的倒面

共彩色改作

烏白

薰 (hun)：菸。

——刊佇《台文通訊 BONG 報》第 287 期

藝文版的笑容與名字
也已變黃

把光環埋進回憶
手就不抖

點一根菸
用相機拍自己的左臉
把彩色改成
黑白

緣分

為著一个相閃身
我演練過一萬種無仝的姿勢

反背輪迴的節奏
掠準會當揣著 pháng 見的暗暝
揣著 pháng 見的手的溫度

生狂的野性
瞬間的斡頭
目屎隨予現實捘焦

相閃身過
空空的心窟
干焦相信
妳是真實的夢
行走
攏無聲

無仝 (kâng)：不同。
掠 (liah) 準：以為。
揣 (tshuē)：找。
pháng 見：遺失。
斡 (uat) 頭：轉身；轉頭。
捘焦 (tsūn-ta)：擰乾。
干焦 (kan-ta)：只有；僅僅。

——刊佇《華文現代詩》第 15 期

緣分

為了一個擦身
我演練過一萬種不同的姿勢

背叛輪迴的節奏
以為能找到遺失的夜
找到遺失的手的溫度

瘋狂的野性
瞬間的轉身
淚水即被現實擰乾

擦身而過
空蕩的心窟
僅僅相信
妳是真實的夢
離開
全沒聲息

飛去的時間

日頭光披佇狹狹的老街龍骨
薄薄的空氣佇閒仙仙的跤縫轉踅
暗綠的青苔咧皂石壁的面皮
清彩轉一下斡就斡入四百冬前

我倚壁、跕跤，靜靜仔
偷聽門額的劍獅佮厝尾頂的風獅爺
講國姓爺按怎鬱卒含恨
講陳參軍按怎曝鹽起孔廟

歷史的跤步擋袂牢時代的潮流
怪手的歹聲嗽共老街剝一重皮
文獻 kha̍h 一沿塗沙粉跔佇暗間仔哼哼呻

一隻田嬰對我的耳空邊飛過
翼股舞弄歲月的聲波
我聽著莊嚴的媽祖咧吟唱慈悲

老街：安平老街，延平街。
轉踅 (tńg-se̍h)：旋轉；盤旋。
皂 (tsō)：塗鴉。
斡 (uát)：轉彎。
倚 (uá) 壁：貼牆。
跕跤 (liam-kha)：躡腳。
擋袂牢 (tiâu)：擋不住。
kha̍h：凝結；沉積。
跔 (ku)：蹲。
哼哼呻 (hainn-hainn-tshan)：不住呻吟。
田嬰 (inn；enn)：蜻蜓。
翼股 (si̍t-kó)：翅膀。

流光過隙

陽光披在狹窄的老街龍骨
薄薄的空氣在休閒的腿間盤旋
暗綠的青苔在塗鴉石壁的臉皮
隨意轉個彎就彎進四百年前

我貼牆、躡腳，悄悄地
偷聽門簷的劍獅與屋頂的風獅爺
說國姓爺如何鬱卒含恨
說陳參軍如何曬鹽造孔廟

歷史的腳步擋不住時代的潮流
怪手的壞口氣把老街剝一層皮
文獻結一層灰塵蹲在暗房不住呻吟

一隻蜻蜓從我的耳邊飛過
翅膀揮舞歲月的聲波
我聽到莊嚴的媽祖在吟唱慈悲

外埠頭挨挨陣陣的觀光客

一下無細膩

共我挨轉來四百冬後

外埠 (poo) 頭：外地。
細膩 (sè-jī)：小心。
挨 (e)：推擠。

外地熙來攘往的觀光客
一個不小心
把我擠回到四百年後

【註】

1.劍獅:「劍獅」是台南市安平地區民宅特有的避邪物，從清朝到日據時代，安平家家戶戶都有劍獅，但時代演變，安平古宅一棟棟消失，安平到底還剩下多少劍獅，沒有定論，安平劍獅地方文化館最新統計，安平僅有三十七處古宅還保留劍獅。劍獅的材質有木雕、泥塑、洗石子等物製成，多放在門簷、照壁上，每隻劍獅的造型都不同。

2.風獅爺:「風獅爺」是閩南、粵東、臺灣安平、琉球群島等地設立在建物的門或屋頂、村落的高台等處的獅子像，用來替人、家宅、村落避邪化煞。風獅爺以金門縣為數最多，共有六十八座。

3.國姓爺:鄭成功。

4.陳參軍:陳永華。鄭成功之子鄭經繼位延平王後，任命陳永華為諮議參軍。

弱水三千一瓢飲

這是咱罕得的情緣
我共徙動的時代刻作
妳的骨節、妳的血肉、妳的皺紋
妳的面模
聲音欲倚四百冬
文字嘛有百三冬

用稿紙鋪的地磚
折開時間的封條
是無形的聲、有形的字
我欲為妳起造上四序的冊房

來！請拍開妳的喙脣
予我安搭妳的舌
來！請倒 -- 落 - 來
予我共妳的四肢、尻脊掠掠捏捏咧
予我撫妳的目睭皮、撨妳的耳空
請用妳所有拍會開的細胞來感受
我欲為妳起造媠氣的睏房

倚 (uá)：靠近。
四序 (sī)：舒適。
尻脊 (kha-tsiah)：背脊。
掠掠 (lia̍h) 捏捏 (tēnn)：按摩一下。
撫 (hu)：撫摸；安撫。
撨 (ngiau)：搔。
媠氣 (suí-khuì)：亮麗；精彩。

弱水三千一瓢飲

這是咱們難得的情緣
我把移動的時代雕成
妳的骨骼、妳的血肉、妳的皺紋
妳的輪廓
聲音將近四百年
文字也有一百三十年

用稿紙鋪的地磚
拆開時間的封條
是無形的聲音、有形的文字
我要為妳打造最舒適的書房

來！請打開妳的嘴唇
讓我安撫妳的舌
來！請躺下來
讓我為妳的四肢、背脊按摩一下
讓我撫摸妳的眼皮、搔妳的耳朵
請用妳所有能打開的細胞來感受
我要為妳打造亮麗的睡房

這世湧滾絞幾个朝代
厭氣佮礙虐的田水
仙啉嘛啉袂慣勢

乖！阿母的話啊！
請共妳的眠夢
埋入我上深落的胸坎

厭氣 (iàn-khì)：怨嘆、不平的情緒。
礙虐 (gāi-gio̍h)：彆扭。
仙 (sian)：怎樣～～。
啉 (lim)：喝。
慣勢 (sì)：習慣。

——刊佇《海翁台語文學》第 203 期

這世浪翻騰了幾個朝代
怨氣與彆扭的養分
怎麼喝也喝不習慣

乖！阿母的話啊！
請把妳的夢
埋進我最深邃的胸懷

明仔載

共干樂、珠仔、尪仔標、跳格仔
濫濫做伙激酒
落喉的利
敢會當共白蒼蒼醉作烏䰆䰆

共見笑、牽手、相唚、目屎
切作一盤手路菜
入喙的鹹汫
敢會當共皺紋哺作金滑

共必裂、奢颺、鎖鍊、空喙
搜作紅毛塗
敢會當共昨昏的榮敗
硿一棟袂搖袂敧的明仔載

世俗這支筆
蟯蟯動、咈咈跳
咧走揣一个
答案

——刊佇《台客詩刊》第 18 期

共 (kā)：把。
激 (kik) 酒：釀酒。
利 (lāi)：銳利。
烏䰆䰆 (sìm)：烏黑又有彈性的髮。
唚 (tsim)：親吻。
鹹汫 (tsiánn)：鹹淡，指味道。
哺 (pōo)：嚼。
必裂 (lih)：裂痕。
奢颺 (tshia-iānn)：風光。
搜 (tshiau)：攪拌。
硿 (khōng)：砌。
袂搖袂敧 (khi) 敧：毫不動搖。
蟯蟯 (ngiau̍h-ngiau̍h) 動：蠢蠢欲動。
咈咈 (phut-phut) 跳：暴跳如雷。
走揣 (tsáu-tshuē)：尋找。

明天

把陀螺、彈珠、紙牌、跳房子
摻和一併釀酒
入喉的烈
能否將白髮醉成烏黑

把含羞、牽手、接吻、淚水
切成一盤拿手菜
入口的滋味
能否將皺紋嚼成光滑

把斑駁、風光、枷鎖、傷口
攪拌成混凝土
能否將昨日的榮衰
砌一棟難以動搖的明天

世俗這支筆
蠢蠢欲動、暴跳如雷
在尋找一個
答案

跤跡

漏屎星共天壁破爿
未赴下願的目睭
澹澹看妳捾行李的背影
踏破規塗跤的黃葉

雄雄妳斡頭注心看我，閣
斡頭

焦瘦的影
行向譀浡的痛
跤跡佇拊掉的咒誓內底
生湠

一个寄望深落的愛的風化的靈魂

冬暝，毋捌
天光

漏屎星：流星。
破爿 (pîng)：剖半。
澹 (tâm)：濕。
捾 (kuānn)：提。
斡 (uat) 頭：回頭；轉身。
焦瘦 (ta-sán)：乾瘦；憔悴。
譀浡 (hàm-phuh)：浮腫。
拊 (hú) 掉：拭去。
咒誓 (tsiù-tsuā)：發誓；承諾。
生湠 (thuànn)：蔓延。
毋捌 (m̄-bat)：未曾。

——刊佇《台灣現代詩》第 52 期

——刊佇《海翁台語文學》第 201 期

足跡

流星把天壁剖成兩半
來不及許願的眼睛
濕潤地看妳提著行李的背影
踩碎滿地的黃葉

突然妳轉身注視著我，又
轉身

憔悴的身影
走向浮腫的悲痛
足跡在拭去的承諾裡
蔓延

一個渴望深邃的愛的風化的靈魂

冬夜，未曾
天亮

秋芒初白

火燒埔燒到尾溜
規山坪的頭鬃鬚
親像炸開規片的雲
我的視線隨反白

弄腰、伸勼、攲身
每一款舞步
每一捾音符
攏咧刺憂頭結面的紋路

He 注心的愁
下性命跟綴我
漚戲拖棚活咧

就掠一把軟軟的臭賤
共趨 -- 去的夢
攑予正

弄 (lāng) 腰：扭腰；擺腰。
伸勼 (kiu)：伸縮。
攲 (khi) 身：傾斜。
捾 (kuānn)：串。
刺 (tshiah)：紋身。
跟綴 (tuè)：跟隨。
漚 (àu) 戲拖棚：苟延殘喘。
掠 (lia'h)：抓。
趨 (tshu)：傾斜。
攑 (tsiâu)：調整；移正。

秋芒初白

炎熱焚燒到盡頭
滿山坡的髮鬚
彷彿炸開整片的雲
我的視線立即反白

扭腰、伸縮、斜身
每一種舞步
每一串音符
都刺著眉頭深鎖的紋路

那專注的愁
全力以赴跟隨我
苟延殘喘活著

就抓一把軟軟的卑賤吧
將傾斜的夢
扶正

紅塵這頭，我等一季秋

秋暝虛虛
秋風纏纏
微微的星愈爍愈遠
薄薄的影愈摸愈長

秋雨綿綿
拍散的形影
結作一滴
流過喙顊
猶未流到喙角
青葉就染黃

秋霧茫茫
拄好坎半世人
秋夢暗暗
向夢窟深底輕輕擊一聲
「天氣轉寒，會記得加疊衫！」

爍 (sih)：閃爍。
摸 (khiú)：拉。
喙顊 (tshuì-phué)：臉頰。
拄 (tú) 好：剛好。
擊 (khian)：投擲。
疊 (tha̍h) 衣：添衣。

——刊佇《台文通訊 BONG 報》第 289 期

紅塵這頭，我等了一季秋

秋夜唏嘘
秋風纏綿
微微的星愈閃愈遠
薄薄的影愈拉愈長

秋雨綿綿
打散的身影
結成一滴
流過臉頰
尚未流到嘴角
綠葉就染黃

秋霧濛濛
剛好遮掩半輩子
秋夢暗淡
向夢魂深處輕輕擲出一聲
「天已轉涼，記得添衣！」

七夕情

殘月重現　戀戀誓言
離別是孽　相逢是緣
傳說佇喜鵲橋頂搬演

愁暝暗淡　夜夜思念
牽手毋甘　分手毋願
目屎佇喜鵲橋頂相攬

七夕情啊七夕情
幾世輪迴紡袂停
剪袂斷啊理袂清
纏纏綿綿相牽連

七夕情啊七夕情
幾世恩怨絞袂停
剪袂斷啊理袂清
生生世世癡戀情

毋 (m̄)：不。
攬 (lám)：擁抱。
紡 (pháng)：旋轉。
絞 (ká)：翻轉。

——刊佇《台灣教會公報》第 3436 期台文版

七夕情

殘月重現　戀戀誓言
離別是孽　相逢是緣
傳說在喜鵲橋頂扮演

愁夜暗淡　夜夜思念
牽手不捨　分手不願
淚水在喜鵲橋頂相擁

七夕情啊七夕情
幾世輪迴轉不停
剪不斷啊理不清
纏纏綿綿相牽連

七夕情啊七夕情
幾世恩怨翻不停
剪不斷啊理不清
生生世世癡戀情

春秋夢醒

擛跤迒入
予黃昏削薄的壁角
暗毿無雲
賰幾葩倒勼的老路燈
零零星星無攬無拈
守候街頭巷尾

舞動春夏秋冬的想像
胡亂皂色彩
予囡仔物、青春夢
抸佇曲痀的背影
承酸 -- 去的雨聲

後現代的意象迵過
寫實的詩逝
流對庄跤佮城市
自由女神佮金字塔的
洩水溝

擛 (gia̍h) 跤：抬腳。
迒 (hānn)：跨。
暗毿 (sàm)：陰暗。
賰 (tshun)：剩。
倒勼 (kiu)：萎縮。
無攬 (lám) 無拈 (ne)：無精打采。
皂 (tsō)：塗鴉。
抸 (khînn)：攀附。
曲痀 (khiau-ku)：駝背。
承 (sîn)：承接。
迵 (thàng) 過：穿越。
詩逝 (tsuā)：詩行。

春秋夢醒

抬腳跨入
被黃昏削薄的牆角
陰暗無雲
剩幾盞萎縮的老路燈
零零星星無精打采
守候街頭巷尾

舞動春夏秋冬的想像
胡亂塗鴉色彩
讓玩具、青春夢
攀附於駝背的背影
承接霉酸的雨聲

後現代的意象穿越
寫實的詩行
流向鄉村與城市
自由女神與金字塔的
下水道

老路燈拄好跍佇溝仔盡磅

墨色的倒影吟唱空虛的獨白

眠夢開目的時陣

一片蒼涼交懍恂

佇燒絡的春風內底

消瘦落肉

跍 (ku)：蹲。
交懍恂 (ka-lún-sún)：冷得發抖。
燒絡 (lō)：溫暖。

老路燈剛好蹲在水道盡頭
墨色的倒影吟唱空虛的獨白

夢想張眼時
一片蒼涼直顫抖
在溫暖的春風裡
面黃肌瘦

紅塵歲月來去
——詩寫面冊

我來
自本一無所有
干焦帶一份真

光顯氣派的紅塵中，充滿
假的詩、假的人、假的團體
假包的世界

孤面的付出
付出真
真正只賰孤面

版面的關心
字面的呵咾
捎無總的咒誓

生存的意義
是創造予人利用的價值
價值予人挖空了後

干焦 (kan-ta)：只。
假包 (ké-pâu)：冒牌貨。
賰 (tshun)：剩。
呵咾 (o-ló)：讚美。
捎無總 (sa-ôo-tsáng)：摸不著頭緒。
咒誓 (tsiù-tsuā)：發誓；承諾。

紅塵歲月來去
——詩寫臉書

我來
本一無所有
只帶著真

冠冕堂皇的紅塵中，充斥
虛的詩、虛的人、虛的團體
虛擬的世界

單向的付出
付出了真
真的只剩單向

版面的關心
字面的讚賞
摸不著邊的承諾

生存的意義
在創造被利用的價值
價值被挖空後

干焦無聲的刪除

我去
猶原帶一份真
猶原一無所有

——刊佇《台灣教會公報》第 3526 期台文版

只需無聲的刪除

我去
仍帶著真
仍一無所有

若歌袂煞

炸開一本詩集
我的視線突然無聲
散掖掖的字
有光光的筆劃
有長長的鳥頭毛
有必必的皺紋
一片一片的詩頁
攏化作碎碎的目屎

每一滴目屎
攏有表情
攏是靈魂
輕輕仔拭
幻化出一音一音
生命的音符
叮叮噹噹

拭清氣了後
濛濛的天小可必開

散掖掖 (suànn-iā-iā)：凌亂不堪。
拭 (tshit)：擦拭。

如歌未央

炸開一本詩集
我的視線突然沉默
散落一地的字
有光亮的筆劃
有長長的黑髮
有龜裂的皺紋
一片一片詩頁
都化為破碎的淚水

每一滴淚水
都有表情
都是靈魂
輕輕地擦拭
幻化出一串一串
生命的音符
叮叮噹噹

擦拭乾淨後
灰濛的天微微裂開

我看著一支小小的指頭尖

劃出一條彩虹

佇耳空鬼仔邊

跳一齣永遠袂喘的舞步

耳空鬼仔:耳膜。

——刊佇《台文戰線》第 49 號

我望見一支小小的指尖
劃出一條彩虹
在耳膜邊緣
跳一場永不歇息的舞步

一路風雪，過關夢袂醒

輕輕仔、偷偷仔

聽歲數跕跤行

一蕊一蕊風的目睭金 -- 起 - 來

一粒一粒雪的酒窟仔浮 -- 出 - 來

皺紋，一巡

必過一巡

風割目睭皮

雪凍喙顊

目屎淹過戶橂淹過圳溝

淹過打馬膠路，淹過

流浪的春夏秋冬

眠夢猶原咧

眠夢

跕 (liam) 跤行：踮腳輕聲地走。
喙顊 (tshuì-phué)：臉頰。
戶橂 (tīng)：門檻。
圳 (tsùn) 溝：大溝渠。

——刊佇《鹽分地帶文學》第 72 期

一程風雪，逾關夢不回

輕輕地、偷偷地
聽歲數踮起腳尖走
一朵朵風的眼睛亮起來
一顆顆雪的酒窩浮出來
皺紋，一道
裂過一道

風割眼皮
雪凍臉頰
淚水淹過門檻淹過溝渠
淹過柏油路，淹過
流浪的春夏秋冬

夢想依舊在
作夢

赤崁樓暝袂煞

暝頭共府城的天星
掖落關絚的玻璃窗仔
呵咾佮繁華無聲無說
恬靜佮蒼涼開始畫妝

一六五三年的塗沙粉
對海神廟的肩胛
跋落九仙贔屭的跤縫
投講伊摸袂著歷史的體溫

宣傳單畫袂明妳的聲調妳的形體
走調的文獻佇新時代的節奏
孤單走揣鬱卒的閬縫

傳說覆佇觀光客的橐袋仔
共妳袂合軀的眠夢
擊落暝尾的哈唏聲

——刊佇《鹽分地帶文學》第 76 期

掖 (iā)：撒。
關絚 (ân)：緊閉。
呵咾 (o-ló)：讚美。
跋 (pua̍h)：跌。
贔屭 (pī-hì)：石龜。
投 (tâu)：告狀。
走揣 (tsáu-tshuē)：尋找。
閬 (làng) 縫：騰出的縫隙。
覆 (phak)：趴。
橐 (lak) 袋仔：口袋。
合軀 (ha̍h-su)：合身。
擊 (khian)：投擲。
哈唏 (hah-hì)：哈欠。

赤崁樓夜未眠

入夜把府城的星子
撒在緊閉的玻璃窗
讚美與繁華無聲無息
寂靜與蒼涼著手化妝

一六五三年的塵埃
從海神廟的肩膀
跌落九座贔屭的腳縫
告狀它摸不著歷史的體溫

宣傳單畫不出妳的聲調妳的形貌
走調的文獻在新時代的節奏
獨自尋找憂鬱的縫隙

傳說趴在觀光客的口袋
將妳不合身的夢
丟進黎明前的哈欠聲

【註】赤崁樓，又作赤嵌樓，位於台灣臺南市的中西區。前身為一六五三年荷治時期興建之歐式建築「普羅民遮城(Provintia)」。

闊見菊花開

逐擺我掠準直欲唚著妳的時陣
佇人字雁向南飛的節氣
耳空邊攏會聽著一聲吐氣
幼軟仔幼軟

我想 he 是對夢的國度飛過來的
一款聲調
親像花眉仔妖嬌的喙型
唱一條情歌
為妳

我想像佇妳的喙頓
貼一蕊妳凡勢聽有
凡勢聽無的喙唇印
我想像佇妳的耳珠
雕刻一排妳凡勢鼻有
凡勢鼻無的喙齒痕
用上柔軟的心

逐 (ta̍k) 擺：每次。
掠 (lia̍h) 準：以為。
唚 (tsim)：親吻。
he：那。
花眉仔：畫眉。
喙頓 (phué)：臉頰。
凡勢 (huān-sè)：也許。
耳珠：耳垂。

又見菊花開

每當我以為快要吻到妳的時候
在人字雁向南飛的節氣
耳邊總會聽到一聲嘆息
輕輕軟軟的

我想那是從夢的國度飛過來的
一種聲調
宛似畫眉嫵媚的嘴型
唱一首情歌
為妳

我想像在妳的粉頰
貼一朵妳也許聽得懂
也許聽不懂的唇印
我想像在妳的耳垂
雕刻一排妳也許聞得到
也許聞不到的齒痕
用最柔軟的心

當等待堅凍作一仙雕像

秋菊啊

我恬恬

是驚妳目睭拄褫開

隨予天地的無情歲月的薄倖

坎烏 -- 去

恬恬 (tiām-tiām)：沉默。
拄 (tú)：剛剛。
褫 (thí) 開：睜開。

——刊佇《台文戰線》第 49 號

當等待凝成一尊雕像

秋菊啊

我沉默

是惶恐妳剛睜開的眸光

隨即被天地的無情、歲月的薄倖

掩蓋無痕

夢內呔知身是客

銃聲佮拳頭母，拍開
烏暗的鎖匙
夢佇死神的刀尖跳舞

歲月愈瘦，滄桑愈肥
殕白的喙唇吞落背骨的折磨
誰佇鐵牆內看天頂的星，無聲

暗暝共日光燈踏化
十燭的電火球仔幔一軀柑仔黃
目神跤尾手冷向月娘行去

蓋一領昨昏入夢
早起的日頭光，會伸手
掀開明仔載

呔 (thái)：豈。
銃 (tshìng) 聲：槍聲。
佇 (tī)：在。
殕 (phú) 白：灰白。
共 (kā)：把～；將～。
踏化 (hua)：踩熄。
幔 (mua) 一軀 (su)：披一件。

——刊佇《台文戰線》第 52 號

——刊佇《鹽分地帶文學》第 77 期

夢裡豈知身是客

槍聲與拳頭，打開
黑暗的鑰匙
夢在死神的刀尖跳舞

歲月愈瘦，滄桑愈肥
灰白的嘴唇吞下叛逆的折磨
誰在鐵牆裡看天上的星，無語

暗夜把日光燈踩熄
十瓦的電燈泡披一件橘黃
眼神手腳冰冷向月亮走去

蓋一件昨日入夢
早起的陽光，會伸手
掀開明天

若是想起，猶原美麗

歲數咧逐你冇去的跤步
手內重重疊疊的詩稿
共你拒絕停跤的孤單囤甲飽嚐嚐
煞囤袂飽下一頓的腹肚皮

曲痀的線條，裝作青春的色水
閃過假鬼六怪的筆劃，瞪力
撐懸規个宇宙的寂寞
吞落昨昏的昨昏

目箍是璇石做的，閃爍
利劍劍的光
你的心肝窟蹛一隻孤鷹

總有一條彩虹
會共你的尊嚴夯懸懸
佇薄絲絲的日子裡

逐 (jiok)：追逐。
冇 (phànn) 去：鬆軟。
囤 (tún)：儲存、積聚。
曲痀 (khiau-ku)：駝背。
瞪 (tènn) 力：使勁。
撐懸 (thènn-kuân)：撐高。
璇 (suān) 石：鑽石。
蹛 (tuà)：居住。
夯懸懸 (giâ-kuân-kuân)：抬得高高的。

——刊佇《野薑花詩刊》第 26 期

若你想起，依然美麗

歲數在追逐你鬆軟的步伐
手中層層疊疊的詩稿
把你拒絕停止的孤單囤滿
卻囤不滿下一頓的溫飽

駝背的線條，偽裝成青春的色澤
迴避裝模作樣的筆劃，使勁
撐高整個宇宙的寂寞
吞下昨日的昨日

眼眶是鑽石做的，閃爍
銳利的光
你的心坎裡住著一隻孤鷹

總有一道彩虹
會將你的尊嚴舉高
在薄如蠶絲的日子裡

短情詩

記持開始食餌

重逢

音符咧飛　愁意絞動心槽
歲月咧流　生命粒積苦澀

愛扛起外重的悲傷
才會當換一滴歡喜
予細胞閣再啖著思念的甜

我用後半世人的氣力
懇求妳施捨一點目睭仁的火星

啖 (tam)：嚐。

——刊佇《台灣教會公報》第 3421 期台文版

重逢

音符在飛　愁緒翻動心律
歲月在流　生命累積苦澀

要扛起多重的悲傷
才能換取一滴喜悅
讓細胞重獲思念的甜

我用後半生的力量
只求博取妳一瞬的凝望

——二〇一〇年三月三十日

——二〇一二年八月二十三日七夕夜修改兼台譯

舞者

黃暗的燈光　閃閃爍爍
神造的肢體　輕輕靈靈

點、頓、踏、勼、踢
轉、徙、跍、拖、踅
指尖是手的延長
跤尖是身的支柱

心窟咧喘氣
生命咧唱歌

一具藝術品
輕輕可可
共宇宙融作節奏
擒掠世界驚奇的目神

勼 (kiu)：縮。
徙 (suá)：移動。
跍 (khû)：蹲。
踅 (se̍h)：繞。
擒掠 (khîm-lia̍h)：捕捉。

舞者

昏暗的燈光　閃閃爍爍
神造的肢體　輕輕盈盈

點、頓、踏、蜷、踢
轉、移、蹲、拖、挪
手指是臂的延伸
腳尖是身的支撐

心在喘息
生命在歡唱

一具藝術品
輕易地
把宇宙融為節奏
擄掠世界驚艷的眼神

當目光凝做一點

只有妳

舞台的皇后

上光的一粒燦爛

當眼光凝聚成一點

唯有妳

舞台的皇后

最亮的一顆璀璨

——二〇一〇年三月三十一日

——二〇一七年二月十四日台譯

聽妳看妳

心跳揑咧
驚去吵著妳跤尖的顫動
喘氣揜咧
驚去拍斷妳聲線的延長

我對千年之遙萬里之遠來
只為著挽妳喙脣邊吊咧的玫瑰
妳目睫毛幌動的弧度
挺好夯起天地擛頭的注目

我若對這時這刻離開
唯一的行李
是妳一个注心的斡頭

夯 (giâ) 起：舉起。
斡 (uat) 頭：轉頭；回頭。

聽妳看妳

壓抑心跳
害怕干擾妳腳尖的律動
屏住呼吸
害怕打斷妳聲線的延伸

我從千年之遙萬里之遠而來
只為摘取妳唇邊吊掛的玫瑰
而妳睫毛揮動的弧度
足以揚起天地仰首的凝望

我若從此時此地離去
唯一的行李
是妳一個專注的回眸

——二〇一〇年四月一日
——二〇一七年二月十四日台譯

鏡

佇我的心版有一片鏡
伊映袂出我的形體

遠遠看伊
有一个舞者咧跳浪漫的舞步
舞勢是毋捌看過的奇妙

徙近看伊
煞貼一對光光的目睭
充滿智慧充滿靈氣

我擋袂牢伊遐爾大的吸引
深深愛著這對目睭

佇我的心版有一片鏡
鏡面刻一對目睭

毋捌 (m̄-bat)：不曾。
徙 (suá) 近：挪近。
擋袂牢 (tiâu)：擋不住。
遐爾 (hiah-nī)：那麼。

鏡子

在我的心版有一片鏡子
它映不出我的形象

遠遠看它
有一舞者跳著曼妙之舞
舞姿是前所未有的神奇

挪近看它
竟貼著一雙明眸
充滿智慧充滿靈氣

我禁不住它巨大的吸引
深深愛上了這雙眼睛

在我的心版有一片鏡子
鏡面刻著一雙眼睛

——二〇一〇年四月五日

——二〇一七年二月十四日台譯

唚

輕輕仔
妳溫柔的喙脣
佇我起顫的喙脣
刺字

我抭掉世俗
共儉千年的
道德
俗俗仔出賣

唚 (tsim)：吻。
起顫 (tsùn)：顫抖。
抭 (hiat) 掉：丟棄。

吻

輕輕的
妳溫柔的唇
在我顫抖的唇上
紋身

我拋開世俗
把儲存千年的
道德
賤賤的出賣

——二〇一〇年四月六日
——二〇一七年二月十四日台譯

熔合

我踏妳的影
學習一款號做
「正能量」的功夫

伊撐起我的理想
貼上我的抱負
用激進的跤步
佇體內走過春夏秋冬

我黏妳的影
予「正能量」佇咱的身軀內
仝行仝命

仝 (kāng) 行仝命：相依相隨。

熔合

我踩著妳的影子
學習一種叫做
「正能量」的功夫

它撈起我的理想
貼上我的抱負
以激進的步伐
奔旋於體內的春夏秋冬

我黏著妳的影子
讓「正能量」在妳我的軀殼裡
相依相隨

——二〇一〇年四月六日
——二〇一七年二月十四日台譯

思卿調

彈一曲思卿調
音符化成詩篇
盤踅佇真愛的
生生世世

快板是妳的舞勢
慢板是我的文字
合做伙了後的和諧
是妳的身軀我的聲音

閣彈一曲思卿調
予音符柔柔飄起
纏纏綿綿

佇妳的心內
佇我的心內

盤踅 (puânn-se̍h)：盤旋。

思卿調

彈一曲思卿調
音符化成詩篇
迴盪於真愛的
生生世世

快板是妳的舞姿
慢板是我的文字
而融合後的和諧
是妳的身我的聲

再彈一曲思卿調
讓音符裊裊飄起
綣綣纏綿

在妳的心中
在我的心中

——二〇一〇年四月六日
——二〇一七年二月十四日台譯

情栽

胸仔內幔妳的溫柔
唇仔墘黏妳的司奶
耳仔邊印妳的妖嬌
心仔窟蹛妳的靈魂

佇妳抛荒的子宮內
我拚盡一生的執一
種落一欉情栽

總算共勼 -- 去的子宮
溶化、膨大、滾絞
開出光閃閃的情花

幔 (mua)：披。
墘 (kînn)：邊緣。
司奶 (sai-nai)：撒嬌。
蹛 (tuà)：居住。
抛荒 (pha-hng)：荒廢。
勼 (kiu)：縮。

——刊佇《台灣教會公報》第 3429 期台文版

情苗

懷中攀著妳的柔情
唇緣黏著妳的羞澀
耳邊印著妳的嫵媚
心窩住著妳的靈魂

在妳荒蕪已久的子宮裡
我傾盡一生的執著
栽入一株情苗

終於將萎縮的子宮
溶化、膨脹、沸騰
綻開璀璨的愛情之花

——二〇一〇年五月九日

——二〇一七年二月十四日台譯

看舞

濁濁的音樂舞池
一聲尖懸的音波
撐起萬耳繃絚的 tann 望

幼軟的身形搖影
一仙轉踅的肢體
網掠萬眼突起的無聲

燈火光彩暗雺
配插每一具迷茫靈魂

只有一尊清明舞影
佻弄出天地純真的原始

只有一座寄望雕像
綿爛出萬籟虔誠的祈求

——刊佇《台江台語文學》第 4 期

懸 (kuân)：高。
繃絚 (penn-ân)：繃緊。
tann 望：仰望。
轉踅 (se̍h)：旋轉。
網掠 (lia̍h)：網羅。
暗雺 (bông)：朦朧。
佻弄 (thiau-lāng)：嫵媚。

觀舞

濁的音樂舞池
一道尖拔之音
擎起萬耳緊繃的眺望

嬌小的身形搖影
一幕旋轉之體
劃破萬眼突起的啞聲

燈火光彩暗晦
襯出每具迷茫靈魂

唯有一尊清晰舞影
嫵媚出天地純真的原始

唯有一座渴望雕像
執著出萬籟真誠的祈盼

——二〇一〇年五月十二日

——二〇一二年九月三日 修改兼台譯

舞台

輕輕躡起跤尖
佇旋律起磅的時
漫舞

指尖捾一籃愛意
掖向規个舞台
規个世界
規个你

轉斡的時，用急速
釘佇你上深情的注目
攑跤的時，用弧度
畫出你上深落的烏仁

當休止符起鼓
恬靜的燈光
是你我上鬥搭的共鳴

——刊佇《台客詩刊》第 7 期

躡 (neh)：踮腳。
捾 (kuānn)：提。
掖 (iā)：灑。
轉斡 (tńg-uát)：轉彎。
攑跤 (gia̍h-kha)：抬腳。

舞台

輕輕踮起腳尖
在旋律啟動時
漫舞

指尖提著一籃愛意
揮灑整個舞台
整個世界
整個你

旋轉時，以急速
定點於你最深情的凝視
抬腳時，以弧度
描繪於你最深邃的瞳眸

當休止符出場時
恬靜的燈光
是你我最貼近的共鳴

——二〇一〇年五月十八日

——二〇一七年二月十四日 修改兼台譯

記持開始食餌

零星詩

劍獅的死忠

海湧掀開古冊嚷甲大細聲
絞絞滾的音波鑽入我的鼻目喙
過晝大塊大塊的日頭光
抨佇老街的尻脊骿
雄雄一箍觀光客清嚨喉的聲尾
射向一塊百年老店落漆的招牌
頂沿的塗沙粉一絲一絲
對王城的奢颺
輾落府城的拋荒地
掖佇缺角的門額、照牆、刀劍屏
倒彈的光影
佇古早佮現代的敆縫跳格仔

妖魔逃袂開你的五爪掌
鬼怪閃袂過你的目劍箭
不變的眼神
四个世紀巡透透
一支劍咬歷史榮衰的重量

嚷 (jiáng)：大聲嚷嚷。
抨 (phiann)：用力摔。
尻脊骿 (kha-tsiah-phiann)：背部。
奢颺 (tshia-iānn)：風光。
輾 (liàn) 落：滾下。
拋荒 (pha-hng) 地：廢墟。
掖 (iā)：撒。
缺角 (khih-kak)：殘缺。
敆 (kap) 縫：夾縫。

劍獅的忠心

浪頭掀開古書大聲嚷鬧
沸沸揚揚的音波鑽進我的五官
午後大片大片的日光
摔在老街的背脊
倏地一個觀光客清喉嚨的聲息
射向一塊百年老店斑駁的招牌
頂緣的灰塵一絲絲
從王城的奢華
滾落府城的廢墟
灑在殘缺的門額、照牆、刀劍屏
反射的光影
在古早與現代的夾縫跳房子

妖魔逃不過你的五爪掌
鬼怪閃不過你的目刃箭
不變的眼神
四個世紀巡視不怠
一支劍咬著歷史榮衰的重量

文明的漚筆共你的厝邊頭尾
漆成一隻一隻花巴哩貓
粗身重骨的命格
據在大官虎的怪手咧舞豬舞狗
規條老街的龍骨
據在時代的烏漉手咧弄鼎弄灶
殘破的面皮一張一張蝹佇文明的壁角
光帕帕的歷史翕佇舊 siat-siat 的文獻哼哼呻
重кла
四百冬的守護激出文明的殘酷
四百冬的傳奇縮做一張雄威的獅仔面
啊！台灣上重的面皮——

一輪失血的月娘覆佇你皺襞襞的額頂
生瘡的年代
銅銑仔味親像風颱凌遲過的土石流
你死忠的目神
猶原用上 tīng-táu 的力頭
堅持共喙角的

漚 (àu) 筆：爛筆。
烏漉 (lok) 手：黑手。
蝹 (un)：蜷曲。
光帕帕 (phànn)：光鮮亮麗。
翕 (hip)：悶熄。
舊 siat-siat：非常老舊。
重кла
老 mooh-mooh：又老又孱。
覆 (phak)：趴。
皺襞襞 (jiâu-phé-phé)：皺巴巴。
銅銑 (sian) 仔味：銅臭味。
tīng-táu：堅硬。
絙絙 (ân)：緊緊地。

文明的爛筆將你的左鄰右舍
漆成一隻一隻五花八門
壯身鐵骨的命格
任由官僚的怪手胡作非為
整條老街的龍骨
任由時代的黑手胡搞瞎搞
殘破的臉皮一張張蜷縮於文明的角落
光鮮的歷史悶在老舊的文獻呻吟
沉重的傳說掛在乾癟的嘴角晃盪
四百年的守護釀成文明的殘酷
四百年的傳奇縮成一張雄威的獅子臉
啊！台灣最重的臉皮——

一輪失血的月趴在你皺巴巴的額頭
生瘡的年代
銅臭味彷彿被颱風淩遲過的土石流
你忠心的眼神
依舊以最堅硬的力道
堅持將嘴角的

劍！絚絚咬佇

歷史的風風雨雨

靜靜聽候造化予你

上尾的答案

——刊佇《掌門詩學》第 58 期

——入選《咱的土地，咱的詩——台語地誌詩集》

劍！牢牢咬住

歷史的風風雨雨

靜靜等候造化給你

最後的答案

【註】劍獅是台南市安平地區民宅特有的避邪物，從清朝到日據時代，安平家家戶戶都有劍獅，但時代演變，安平古宅一棟棟消失，安平到底還剩下多少劍獅，沒有定論，安平劍獅地方文化館最新統計，安平僅有三十七處古宅還保留劍獅。劍獅的材質有木雕、泥塑、洗石子等物製成，多放在門簷、照壁上，每隻劍獅的造型都不同。傳說自鄭成功時期水軍操練，軍人返家將刀、盾合放在家中，能令宵小卻步。

初戀一甲子的芳味
——高雄六合夜市

拍開暝頭的鎖鍊
趁風猶未冷
裘仔掀咧　拐仔托咧
一 uainnh 一 uainnh
喙瀾 tsha̍p-tsha̍p 津

數念臭摸摸的臭豆腐
數念甜粅粅的李仔攕
拐仔的跤蹄輕跳
串連點點滴滴記持，佮
交落的歲數
街仔頭有光
胸仔內的火虛弱
呿呿嗽　怦怦喘

擔位的火一葩一葩相𤆬
你貓貓看的目睭仁
眩作彩色的打馬膠路
初戀的芳味

裘仔 (siû-á)：厚衣外套。
掀 (hiannh)：以手拿物衣服。
托 (thuh)：拄著或撐住。
一 uainnh 一 uainnh：一跛一跛。
tsha̍p-tsha̍p 津 (tin)：直滴貌。
甜粅粅 (tinn-but-but)：甜滋滋。
李仔攕 (tshiám)：糖葫蘆。
交落 (ka-la̍uh)：丟失。
呿呿 (khuh-khuh) 嗽：咳個不停。
怦怦 (phēnn-phēnn) 喘：氣喘吁吁。
𤆬 (tshuā)：引領。

初戀一甲子的香味
——高雄六合夜市

打開傍晚的鎖鍊
趁著風尚未冷
拿皮裘　拄拐杖
一跛一跛
口水直流

懷念臭臭的臭豆腐
懷念甜甜的糖葫蘆
拐杖的腳輕跳
串連點滴記憶，與
遺落的歲數
街頭有光
懷裡的火虛弱
咳不止　喘不停

攤位的火一盞盞相牽連
你目不轉睛的瞳孔
暈成彩色的柏油路
初戀的香味

黗伫 pháng 見的大港埔

百捅擔沉覥的姿勢
一目 nih 化作八萬擔的聲勢

目睭空空花花
記持楞楞車車
三八〇公尺嚷嚷鬧鬧
一甲子勼勼揜揜

——刊伫《台文戰線》第 48 號

黗 (tòo)：暈染。
pháng 見：遺失。
Pháng：「拍毋 (phah-m̄)」的連音。
捅 (thóng)：超過。
一目 nih：一眨眼。
楞楞 (gông- gông) 車車：暈眩。
勼勼揜揜 (kiu-kiu iap-iap)：遮掩。

蔓延在消失的大港埔

一百多攤沉匿的姿勢
一眨眼化作八萬攤的聲勢

眼睛空空蕩蕩
記憶暈暈眩眩
三八〇公尺嚷嚷鬧鬧
一甲子遮遮掩掩

【註】

1.六合夜市:位於高雄新興區六二路,鄰近高雄捷運美麗島站。範圍自中山路至自立路,全長約三百八十公尺。

2.前身:一九五〇年代初期,以高醫醫院前身的高醫六合門診部為中心,帶動周遭人潮,開始聚集小吃攤,形成以小吃聞名的「大港埔夜市」。

鄉愁是一枝油紙傘
——美濃油紙傘

殕暗的路尾
一寮碎石仔，鋪佇漎漎的塗跤
原來數念，是一款
夭壽的 bãi-kín

我想像硬頸的阿母，mooh-mooh 的喙顊
拄予露水沃澹，就欲扳新剉的
孟宗竹，目睭角形成的田岸
希望鼻著幾葉仔向日的薰葉芳
伊咧唱：
「唐山過台灣，無半點錢 ----」

熟似的庄頭，油紙傘展開翼股
囡仔時代的街仔路
映出囡仔生份的目光
婦 jîn 人 ham-ham 的目睭皮
每一重攏反射出
做新娘佮後頭厝的滄桑

殕 (phú) 暗：灰暗；昏暗。
漎 (siûnn-siûnn)：黏滑。
數 (siàu) 念：思念；懷念。
bãi-kín：細菌，日語。
mooh-mooh：癟癟的。
喙顊 (tshùi-phué)：臉頰。
拄 (tú)：剛。
沃澹 (ak-tâm)：淋濕。
扳 (penn)：編織；扳拉。
薰 (hun) 葉：菸葉。
婦 jîn 人：婦人。
ham-ham：因睡眠不足而眼瞼浮腫。

鄉愁是一枝油紙傘
——美濃油紙傘

灰暗的路尾
一些碎石子，鋪在黏滑的地表
原來思念，是一種
狠毒的細菌

我想像硬頸的老母親，乾癟的臉頰
剛被露水淋濕，就要扳拉新砍的
孟宗竹，眼角形成的田埂
希望聞到幾葉向日的菸葉香
她在唱：
「唐山過台灣，無半點錢 ----」

熟悉的村莊，油紙傘展開翅膀
孩童時代的街道
映著孩童陌生的眼光
婦女浮腫的眼瞼
每一層都反射出
當新娘與回娘家的滄桑

鄉愁是一枝油紙傘
婦 jîn 人的沓沓滴滴
每一音字韻攏是桐油味

二枝「早生貴子」
我唯一的嫁粧
猶原恬恬囥佇我的心肝窟仔

遠遠聽見，彼條搖搖幌幌的
美濃溪，滑入阿母失眠的暝
洗盪斷節的夢
伊聽無 ----
「阿母！ngâi 轉 -- 來 - ah!」

沓 (ta̍p) 沓滴滴：喋喋不休。
囥 (khǹg)：放置。
洗盪 (tǹg)：洗滌。
ngâi 轉 -- 來 -ah !：我回來了！(客語)。

——刊佇《台客詩刊》第 8 期

鄉愁是一枝油紙傘
婦女的喋喋不休
每個音韻都是桐油味

二枝「早生貴子」
我唯一的嫁粧
依然靜靜地存放在我的心坎裡

遠遠聽見，那條搖搖晃晃的
美濃溪，滑入老母親失眠的夜
洗滌斷層的夢
她聽不到——
「阿母！我回來了！」

南塔的修行
——高字塔

彼時咱看無啥會著
咱的中間隔一重大官虎的鼻目喙

He 親像孔雀披一領華麗四界誘拐
我膽膽
世俗的目光親像魚鉤子
我 hiù 袂開

你彼爿
有人笑，有人哭
有人生，有人死
我這爿
是共靈魂掛佇
海防部隊的旗仔尾

彼時有外濟隻舢舨仔
咧偷看你的慾望
我毋願勾心鬥角
僫僫的病根無藥通醫

he：那。
hiù：甩。
爿 (pîng)：邊。
僫僫 (giān-giān)：病僫僫。

南塔的修行
—— 高字塔

那時我們看不清楚彼此
我們中間隔了一層官僚的臉譜

那就像是孔雀披一件華麗到處誘拐
我害怕
世俗的眼光宛如魚鉤
我甩不開

你那邊
有人笑,有人哭
有人生,有人死
我這邊
是把靈魂掛在
海防部隊的旗子末端

那時有多少隻舢舨仔
在偷看你的慾望
我不願勾心鬥角
懨懨的病根無藥可醫

日頭活咧，水活咧

苦海無邊，普渡慈航

深眠寄望精神

笑是一門藝術

靜嘛是

遁入無形

就袂記得痛

——刊佇《海翁台語文學》第 189 期

太陽活著,水活著

苦海無邊,普渡慈航

沉眠寄望醒來

笑是一門藝術

靜也是

遁入無形

就忘記痛

【註】高字塔文化藝術園區位於高雄市小港區中的漁村紅毛港附近。北信號台位於旗津區,南信號台位於小港區,主要作業在北信號台,南信號台作為備用。高字塔字建立以來,南信號台從未使用,曾經當作軍營使用,後來廢棄。(引自維基百科)

哈瑪星的天頂尾

湊町一丁目佇街仔路的嚨喉起一間打狗支廳
湊町四丁目武德殿武士喝聲佮壁堵的箭比尖
囡仔晃鞦韆的笑聲咧湊婦人館的紅磚仔
好額人囝挨挨陣陣駛入打狗學校
郵便局的電報拍字聲是現代化的聲嗽
二隻石獅的目睭猶佇代天府的四箍圍巡頭看尾
柴船渡伊木十郎駛向鐵殼船的輪渡站
甕串、小串、青嘴佮烏魚據在漁市仔反青換熟
四六六二〇坪新生地𤆬新濱埠頭搶著頭香
老英雄坐佇打狗驛扶摘的火車頂咧哺記持
「雄鎮北門」徛懸懸守護生鉎的大砲
十八王公廟埕流淚西子灣的開墾史
一陣厝角鳥仔覕佇英國領事館瓦崁欣賞打狗風雲

哈瑪星的天頂尾浮一沿鹹鹹的海味

哈瑪星的天空

湊町一丁目在道路的嚨喉打造一所打狗支廳
湊町四丁目武德殿武士吆喝聲與牆壁的箭比尖
孩子盪鞦韆的笑聲在粉刷婦人館的紅磚石
富家子弟接踵駛入打狗學校
郵便局的電報打字聲是現代化的聲息
二隻石獅的眼睛仍在代天府的周圍瞻前顧後
柴船渡伊木十郎駛向鐵殼船的輪渡站
鮪魚、小串、青嘴魚和烏魚任由漁市場翻來覆去
四六六二〇坪新生地引領新濱碼頭搶到頭彩
老英雄坐在打狗驛廢棄的火車上咀嚼記憶
「雄鎮北門」豎立守護腐鏽的大砲
十八王公廟埕瀰漫西子灣的開墾史
一群麻雀斜躺在英國領事館簷緣欣賞打狗風雲

哈瑪星的天空浮一層鹹鹹的海味

挨 (e) 挨陣陣：紛來沓至。
𤆬 (tshuā)：帶領、引導。
抾捔 (khioh-ka̍k)：原指「不成器」，此指「廢棄」。
流湠 (lâu-thuànn)：瀰漫。
䖙 (the)：斜躺。

【註】哈瑪星原本是海域，日治時期時，日本當局在高雄建立港口，為了疏濬航道，於是利用淤泥填海造陸而形成。「哈瑪星」此名稱的由來，是因為當地有兩條濱海鐵路通往商港、漁港和漁市場，日語稱為「濱線」（日語：はません，Hamasen），當地居民以臺灣話稱之為「哈瑪星」（Há-má-seng）。哈瑪星一帶在日治時期分屬壽町 、新濱町、湊町等行政區，都是新生地。而從新濱町港邊至渡船頭邊的漁市場有一條專為轉運鮮魚的濱海鐵路，且因該地區的各種行業幾乎皆與港區及濱線具有密不可分的關係，因此後來哈瑪星即泛指今南鼓山地區。（引自維基百科）

台江十景（三行組詩）

1. 綠色磅空

剪一節兩百公尺的夢
掠海茄苳、五梨跤佮欖李
黏貼紅水筆仔的記持

2. 大栱仙

掀開洘流的布簾仔
一支一支挨 Violin 的鐵鉸刀
唌遊客的目睭

3. 海和尚

剃掉橫行霸道的六根
萬軍操練直行
是阮一生的修行

掠 (lia̍h)：捉。
紅水筆仔：紅樹林。
大栱 (kóng) 仙：招潮蟹。
洘流 (khó-lâu)：退潮。
鉸 (ka) 刀：剪刀。
唌 (siânn)：引誘。

台江十景

1. 綠色隧道

剪一段兩百公尺的夢

抓海茄苳、五梨跤與欖李

拼貼紅樹林的記憶

2. 招潮蟹

掀開退潮的門簾

一支支拉 Violin 的鐵剪刀

引誘遊客的眼光

3. 海和尚

剃掉橫行霸道的六根

萬軍操練直行

是我一生的修行

4. 花鮡

輕輕舞弄魚擛
天佮地的敆逝
是阮上 gió-toh 的運動埕

5. 白鴒鷥

幔一領白鑠鑠 siat-siat
共紅水筆仔踏佇塗跤
跳一齣飄雪之舞

6. 烏面抐桮

抐入喙內的魚仔
哀爸叫母的聲嗽
焱袂過北爿的「黃昏的故鄉」

7. 水筆仔

一支一支刺夯夯的性命
用喘氣
保護澹濇的宇宙

花鮡 (hue-thiâu)：彈塗魚。
魚擛 (ia̍t)：胸鰭。
敆逝 (kap-tsuā)：接縫處。
gió-toh：棒；佳，日語。
幔 (mua)：披。
白鑠鑠 (siat-siat)：雪白。
烏面抐桮 (lā-pue)：黑面琵鷺。
爿 (pîng)：邊。
刺夯夯 (tshì-giâ-giâ)：張牙舞爪。
澹濇 (tâm)：濕潤。

4. 彈塗魚

輕輕舞動胸鰭
天與地的間隙
是我最棒的運動場

5. 白鷺鷥

披一件雪白
把紅樹林踩在腳下
跳一曲飄雪之舞

6. 黑面琵鷺

攪進嘴裡的魚
呼天搶地的聲響
掩蓋不過北方的「黃昏的故鄉」

7. 水筆仔

一根根張牙舞爪的性命
用呼吸
保護潮濕的宇宙

8. 牛背鷺

踏破水牛的尻脊

電一葩金毛做標記

「龐克族」是阮的新名號

9. 暗光鳥

共暗暝扛佇肩胛頭

目睭紅赤赤巡頭看尾

規片紅水筆仔攏是阮的管區

10. 塑膠竹排仔

暝晡牽一隻一隻噗噗仔船

劃開一條一條金色水痕

幼哺台江的歷史

尻脊 (kha-tsiah)：背脊。
葩 (pho)：頭髮的量詞。
暗光鳥：夜鷺。
暝晡 (mî-poo)：傍晚。
劃 (liô) 開：割開；切開。
幼哺 (pōo)：咀嚼。

——入選《咱的土地，咱的詩——台語地誌詩集》

——入選《詩人節遊台江專輯》

8. 牛背鷺

踩破水牛的背脊
燙一捲金毛做標記
「龐克族」是我的新名號

9. 夜鷺

把夜扛在肩上
眼珠通紅瞻前顧後
整片紅樹林都是我的管區

10. 塑膠竹筏

傍晚牽著一隻隻噗噗船
切開一條條金色水痕
咀嚼台江的歷史

※ 招潮蟹有「紅樹林底下的提琴手」之稱。

※ 海和尚是少數能往前直行的螃蟹之一。

※ 夜鷺有「紅眼衛兵」之稱。

高雄十景（三行組詩）

1. 美麗島大道

走光的歷史
含一喙黃蓮
衝破暗影的封條

2. 二二八紀念碑

148 條名號
The 佇退冰的大理石頂
焦唱重頭生的輓歌

3. 歷史博物館

搣一把新時代的 khó 子仔
用一格一格的隔間
秤打狗傳奇的斤兩

4. 紅樓

臭火焦的銃籽空
流血流滴
咧睨歷史的刀斧手

the：斜躺。
焦 (ta) 唱：清唱。
搣 (me)：抓。
khó 子仔：籌碼。
臭火焦 (ta)：燒焦。
銃子 (tshìng-tsí) 空：彈孔。
睨 (gîn)：瞪。

高雄十景

1. 美麗島大道
曝光的歷史
含一口黃蓮
衝破陰影的封條

2. 二二八紀念碑
148 條名號
斜躺在退冰的大理石頂
清唱重生的輓歌

3. 歷史博物館
抓一把新時代的籌碼
用一格格的隔間
秤打狗傳奇的斤兩

4. 紅樓
燒焦的彈孔
遍體鱗傷
瞪著歷史的劊子手

5. 薛家古厝

靠底的脈鼓
起一座必裂的紅瓦厝
齧兩百年的滄桑

6. 紅毛港

三百外冬的臭臊羶
䠡入歷史的花轎
予文獻作牽手

7. 旗津貝殼展示館

拍破浮浮沉沉的命格
用焦去的殼仔紋
見證海水的鹹度

8. 半屏山

曲痀的半爿山壁
猶咧數想
三塊豆腐的芳味

必裂 (pit-lih)：龜裂。
齧 (khè)：啃。
臭臊羶 (tshàu-tsho-hiàn)：腥臭味。
䠡 (nǹg)：鑽。
焦 (ta)：乾。
曲痀 (khiau-ku)：駝背。
爿 (pîng)：邊。
數 (siàu) 想：妄想；企圖。

5. 薛家古厝

擱淺的脈搏

砌一座斑駁的紅瓦厝

啃兩百年的滄桑

6. 紅毛港

三百多年的魚腥味

鑽進歷史的花轎

給文獻作妻子

7. 旗津貝殼展示館

打破浮浮沉沉的命格

用乾涸的貝殼紋

見證海水的鹹度

8. 半屏山

駝背的半邊山壁

還在妄想

三塊豆腐的香味

9. 壽山動物園

揹一副腰骨酥

佇猴山仔的目睭內

揣著 pháng 見的食奶仔名

10. 愛河

點一葩愛情

孵成的輕聲幼語

撫挲規條河的毛管空

揣 (tshuē)：找。
pháng 見：遺失。
撫挲 (hu-so)：撫摸。

——入選《咱的土地，咱的詩—台語地誌詩集》

9. 壽山動物園

揹一副骨質疏鬆症

在猴子的眼珠裡

找到遺失的乳名

10. 愛河

點一盞愛情

孵成的輕聲細語

撫摸整條河的毛細孔

淡水速記（三行組詩）

1.

西班牙的墨水猶未焦
荷蘭的筆隨接落寫
滬尾的生辰八字

2.

大清的風
吹來的銅銑仔味
窒倒街

3.

淡水河墘
馬偕的銅像
咧粒積文明

焦 (ta)：乾。
滬尾 (Hōo-bué)：淡水舊地名。
銅銑 (sian) 仔味：銅臭味。
窒倒街 (that-tó-ke)：充斥四處。

淡水速記

1.

西班牙的墨水還未乾
荷蘭的筆隨即接著寫
滬尾的生辰八字

2.

大清的風
吹來的銅臭味
塞滿街

3.

淡水河邊
馬偕的銅像
在累積文明

4.

大屯山的癡
觀音山的張
起造凱達格蘭的神話

5.

落鼻祖師出巡掠瘟
挨挨陣陣雙手合十
五月初六風調雨順

6.

冬粉牽一陣肉燥芳
撞開豆乾糊的魚丸漿
咧黏貼淡水的喙瀾

——刊佇《台客詩刊》第 9 期

張 (tiunn)：使性子。
掠 (lia̍h) 瘟：捉瘟神。
挨挨陣陣 (e-e tīn-tīn)：擁擠雜沓。
豆乾糊 (tsìnn)：油炸豆腐。
喙瀾 (tshùi-nuā)：口水。

4.

大屯山的癡心

觀音山的使性子

打造凱達格蘭的神話

5.

落鼻祖師出巡抓瘟神

擁擁擠擠雙手合十

五月初六風調雨順

6.

冬粉牽出一陣肉燥香

撞開油炸豆腐的魚丸漿

在拚貼淡水的口水

壁角的性命（三行組詩）

〈漸凍人〉

愈來愈脆的骨格
阮的性命是一座
袂見光的冰庫

〈白化人〉

毋是邪惡的白
毋是陰鴆的白
是阮命格的本色

〈乞食〉

哀父哭母
向頭彎腰
食到百二歲

陰鴆 (im-thim)：陰險。
向 (ànn) 頭：低頭。

角落的生命

〈澌凍人〉

愈來愈脆的骨骼
我的性命是一座
見不得光的冰庫

〈白化人〉

不是邪惡的白
不是陰沉的白
是我命格的本色

〈乞丐〉

哭天喊地
低頭哈腰
吃到一百二十歲

〈抾字紙 -- 的〉

共阮的八字
貼佇恁無愛的
財產

〈自閉兒〉

阮是故意的
世界的烏暗
阮袂癮插

——刊佇《台客詩刊》第 9 期

抾 (khioh)：撿拾。
袂癮插 (bē-giàn-tshap)：不願理會。

〈拾荒者〉

將我的八字
貼在你們拋棄的
財產

〈自閉兒〉

我是故意的
世界的黑暗
我才不理會呢

※ 常見電影把「白化人」演成邪惡的壞人，其實「白化人」的體力比常人虛弱。

目屎（組詩）

1.

窗仔外冷風 sngh-sngh
吹會入跤仔手的毛管空
吹袂入交懍恂閣滾絞的向望

2.

冷對風佮湧的敆縫
撫過思念的墘仔
拍碎一粒拄滑落的目屎

3.

情絲扭斷了後
歲月瘦 -- 落 - 去
目屎肥 -- 起 - 來

4.

一个眼神的距離
一仙斡身的背影
吊一滴血獅獅的目屎

sngh-sngh：擬風聲詞。
交懍恂 (ka-lún-sún)：冷得發抖。
敆 (kap) 縫：夾縫。
撫 (hu)：撫摸。
墘 (kînn) 仔：邊緣。
斡 (ua't) 身：轉身。

眼淚

1.

窗外颼颼冷風
吹得進手腳的毛細孔
吹不進哆嗦又熾熱的盼望

2.

冷從風與浪的縫隙
拂過思念的邊緣
打碎一顆剛滑落的淚

3.

情絲扯斷後
瘦了歲月
肥了眼淚

4.

一個眼神的距離
一尊轉身的背影
懸掛著一滴血淋淋的淚

5.

何必苦毒思念？
欲哭　揣無目屎輾 -- 落
毋哭　手機仔小可翹翹的喙角
為按怎漸漸起濛霧

6.

酒精數想捘焦悲傷
捘會焦殘破的記持
捘袂焦碎糊糊的目屎

7.

老路燈稀微的燈火
幔佇孤單的肩胛頭
掩面的指頭仔縫
射出二逝虛虛的反光

揣 (tshuē)：找。
輾 (lìn)-- 落：滾落。
數 (siàu) 想：企圖。
捘焦 (tsūn-ta)：擰乾。
幔 (mua)：披。
逝 (tsuā)：行。

5.

何苦凌虐思念？
想哭　找不到眼淚墜落
不哭　手機上微翹的嘴角
為何漸漸模糊

6.

酒精試圖擰乾悲傷
擰得乾殘破回憶
擰不乾已碎的淚

7.

老路燈唏噓的燈黃
披在孤獨的肩膀
掩面的指縫間
射出二道微弱的反光

8.

一寡悲傷

Hőng 踏佇塗跤

毋捌看伊咧哼

無細膩擛跤

目屎就崩 -- 落

9.

共斡身的背影

擲入酒精內

提煉出來的悲

連哭攏免啥激力

10.

天予散赤罩一重暗

一逝爍爁飛出

穿飄撇

發狂笑

切開暗

一寡 (kuá)：一些。
hőng：「予人」的連音。
毋捌 (m̄-bat)：未曾。
擛跤 (gia̍h-kha)：抬腳。
斡 (uat)：轉。
激 (kik) 力：使勁。
爍爁 (sih-nah)：閃電。

8.

許多悲傷
被踩在腳下
未曾見它吭聲
不經意抬腿
淚就垮了

9.

把轉身的背影
投入酒精裡
提煉出來的悲
連哭都不費勁

10.

天被貧賤矇上一層暗
一道閃電飛出
穿上瀟灑
發出狂笑
切開暗

切斷蔫 -- 去的淚腺

切斷匃 -- 去的感情線

蔫 (lian)：枯萎。
匃 (kiu)：萎縮。

——刊佇《華文現代詩》第 16 期

切斷枯萎的淚腺
切斷萎縮的感情線

鉸

——寫予一个減我二十外歲的查某囡仔

鉸掉世俗的目光
擲落歲月的拋荒地
鉸掉道德的纓纏
投入焦痛的青春
鉸掉枕頭邊的輕聲幼語
掛起誓言的背骨

激五仁只是一款藏覕
為著黏門前世的緣
當我折破長短跤話的網
是欲走揣牽制靈魂的線頭
共生鉎的初戀鑢予金
予浪漫佇老 -- 去的春天
探頭

敢通共良心提去當？
強挽這蕊初開的花莓

鉸 (ka)：剪。
拋荒 (pha-hng) 地：廢墟。
纓纏 (inn-tînn)：糾纏。
焦痛 (ta-pôo)：乾癟。
激 (kik) 五仁：詼諧。
藏覕 (tshàng-bih)：隱藏。
走揣 (tsáu-tshuē)：尋覓。
生鉎 (sian)：生鏽。
鑢 (lù)：刷洗；刮洗。
當 (tǹg)：典當。
花莓 (hue-m̂)：蓓蕾。

剪
——寫給一個少我二十多歲的女孩

剪掉世俗的眼光
棄於歲月的廢墟
剪掉道德的纏絲
投入乾癟的青春
剪掉枕邊的細語
掛上誓言的叛徒

詼諧只是一種隱藏
為了拼湊前世的緣
而當我沉溺蜚語漩渦
只為找回禁錮靈魂的自由
擦拭為愛塵封的心
讓浪漫在逝去的春天
探頭

是否再典當良心?
強摘這朵初綻的花苞

誰知使鬼弄蛇的鼓聲

Tong-tong 入心

按怎抨掉今生額外的情緣

飄撇揲手？

閣鉸掉二十歲啦！

——刊佇《海翁台語文學》第 214 期

抨 (hìnn)：丟棄。
揲 (ia't) 手：揮手。

然而流言的鼓聲

轟轟入心

如何拋棄今世額外的盟約

瀟灑揮別？

再剪掉二十歲吧！

激氣

啉一杯燒酒
透氣

有厚厚的衰氣
激佇心肝頭
沓沓仔生囝
成形的鬱卒
一暝大一寸

魔神仔拚勢踢跤
爬來爬去
鑿來鑿去
數想輪迴出世
數想重見天日

有一條光 sut 過
拊掉世間的色水
烏 -- 的白 -- 的紅 -- 的青 -- 的
無影無跡

啉 (lim)：飲。
激 (kik)：釀。
拚勢 (piànn-sè)：拚命。
鑿 (tsha̍t)：刺。
數 (siàu) 想：企圖。
sut 過：迅速而過。

釀氣

飲一杯酒
消氣

有濃厚的霉氣
釀在心頭
漸漸懷胎
成形的鬱卒
一夜長一寸

魔鬼拼命踢腳
爬來爬去
刺來刺去
企圖輪迴出世
企圖重見天日

有一道光飛過
擦掉世間的色澤
黑的白的紅的綠的
無影無蹤

當酒精份夠磅的坎站

上帝的手就會輕輕仔

挲我的頭殼

挲(so)：撫摸。

——刊佇《台灣教會公報》第 3516 期台文版

當酒精份夠量的時刻
上帝的手就會輕輕地
撫摸我的頭

臺南作家作品集 66（第十輯）
03　記持開始食餌

作者　柯柏榮
總監　葉澤山
編輯委員　呂興昌　李若鶯
陳昌明　陳萬益　廖淑芳
行政編輯　何宜芳　陳慧文　申國艷
社長　林宜澐
總編輯　廖志墭
編輯　林廷璋（橡梳文庫）
封面設計　陳文德
內文排版　Aoi Wu

出版　臺南市政府文化局
地址　永華市政中心　70801 臺南市安平區永華路 2 段 6 號 13 樓
民治市政中心　73049 臺南市新營區中正路 23 號
電話　06-6324453
網址　http：// culture.tainan.gov.tw

出版　蔚藍文化出版股份有限公司
地址　10667 臺北市大安區復興南路二段 237 號 13 樓
電話　02-22431897
臉書　https：//www.facebook.com/AZUREPUBLISH/
讀者服務信箱　azurebks@gmail.com

總經銷　大和書報圖書股份有限公司
地址　24890 新北市新莊市五工五路 2 號
電話　02-8990-2588

法律顧問　眾律國際法律事務所
著作權律師　范國華律師
電話　02-2759-5585
網站　www.zoomlaw.net

印刷　世和印製企業有限公司
定價　新臺幣 380 元
初版一刷　2021 年 5 月
初版二刷　2021 年 7 月

1010901852 ｜ 臺南文學叢書 L138 ｜ 局總號 2020-594

國家圖書館出版品預行編目（CIP）資料

記持開始食餌 / 柯柏榮著 . -- 初版 .
-- 臺北市 ： 蔚藍文化出版股份有限公司； 臺南市 ： 臺南市政府文化局， 2021.05
面 ；　公分 . --（臺南作家作品集 . 第十輯 ； 3)　ISBN 978-986-5504-22-9(平裝)

863.51　10901804

臺南作家作品集全書目

●第一輯				
1	我們	· 黃吉川 著	100.12	180 元
2	莫有無─心情三印─	· 白 聆 著	100.12	180 元
3	英雄淚─周定邦布袋戲劇本集	· 周定邦 著	100.12	240 元
4	春日地圖	· 陳金順 著	100.12	180 元
5	葉笛及其現代詩研究	· 郭倍甄 著	100.12	250 元
6	府城詩篇	· 林宗源 著	100.12	180 元
7	走揣臺灣的記持	· 藍淑貞 著	100.12	180 元
●第二輯				
8	趙雲文選	· 趙雲 著 · 陳昌明 主編	102.03	250 元
9	人猿之死─林佛兒短篇小說選	· 林佛兒 著	102.03	300 元
10	詩歌聲裡	· 胡民祥 著	102.03	250 元
11	白髮記	· 陳正雄 著	102.03	200 元
12	南鵲是我，我是南鵲	· 謝孟宗 著	102.03	200 元
13	周嘯虹短篇小說選	· 周嘯虹 著	102.03	200 元
14	紫夢春迴雪蝶醉	· 柯勃臣 著	102.03	220 元
15	鹽分地帶文藝營研究	· 康詠琪 著	102.03	300 元
●第三輯				
16	許地山作品選	· 許地山 著 · 陳萬益 編著	103.02	250 元
17	漁父編年詩文集	· 王三慶 著	103.02	250 元
18	烏腳病庄	· 楊青矗 著	103.02	250 元
19	渡鳥─黃文博臺語詩集 1	· 黃文博 著	103.02	300 元
20	噍吧哖兒女	· 楊寶山 著	103.02	250 元
21	如果 · 曾經	· 林娟娟 著	103.02	200 元
22	對邊緣到多元中心：台語文學 ê 主體建構	· 方耀乾 著	103.02	300 元
23	遠方的回聲	· 李昭鈴 著	103.02	200 元
●第四輯				
24	臺南作家評論選集	· 廖淑芳 主編	104.03	280 元
25	何瑞雄詩選	· 何瑞雄 著	104.03	250 元

26	足跡	· 李鑫益 著	104.03	220 元
27	爺爺與孫子	· 丘榮襄 著	104.03	220 元
28	笑指白雲去來	· 陳丁林 著	104.03	220 元
29	網內夢外—臺語詩集	· 藍淑貞 著	104.03	200 元
●第五輯				
30	自己做陀螺—薛林詩選	· 薛林 著 · 龔華 主編	105.04	300 元
31	舊府城 · 新傳講 —歷史都心文化園區傳講人之訪談札記	· 蔡蕙如 著	105.04	250 元
32	戰後臺灣詩史「反抗敘事」的建構	· 陳瀅州著	105.04	350 元
33	對戲，入戲	· 陳崇民著	105.04	250 元
●第六輯				
34	漂泊的民族 - 王育德選集	· 王育德原著 · 呂美親 編譯	106.02	380 元
35	洪鐵濤文集	· 洪鐵濤原著 · 陳曉怡 編	106.02	300 元
36	袖海集	· 吳榮富 著	106.02	320 元
37	黑盒本事	· 林信宏 著	106.02	250 元
38	愛河夜遊想當年	· 許正勳 著	106.02	250 元
39	台灣母語文學：少數文學史書寫理論	· 方耀乾 著	106.02	300 元
●第七輯				
40	府城今昔	· 龔顯宗 著	106.12	300 元
41	台灣鄉土傳奇 二集	· 黃勁連 編著	106.12	300 元
42	眠夢南瀛	· 陳正雄 著	106.12	250 元
43	記憶的盒子	· 周梅春 著	106.12	250 元
44	阿立祖回家	· 楊寶山 著	106.12	250 元
45	顏色	· 邱致清 著	106.12	250 元
46	築劇	· 陸昕慈 著	106.12	300 元
47	夜空恬靜一流星 台語文學評論	· 陳金順 著	106.12	300 元
●第八輯				
48	太陽旗下的小子	· 林清文 著	108.11	380 元
49	落花時節 - 葉笛詩文集	· 葉笛 著 · 葉蓁蓁 葉瓊霞編	108.11	360 元
50	許達然散文集	· 許達然 著 莊永清 編	108.11	420 元

51	陳玉珠的童話花園	· 陳玉珠 著	108.11	300 元
52	和風 人隨行	· 陳志良 著	108.11	320 元
53	臺南映像	· 謝振宗 著	108.11	360 元
54	【籤詩現代版】天光雲影	· 林柏維 著	108.11	300 元
●第九輯				
55	黃靈芝小說選（上冊）	· 黃靈芝 原著 · 阮文雅 編譯	109.11	300 元
56	黃靈芝小說選（下冊）	· 黃靈芝 原著 · 阮文雅 編譯	109.11	300 元
57	自畫像	· 劉耿一 著 · 曾雅雲 編	109.11	280 元
58	素涅集	· 吳東晟 著	109.11	350 元
59	追尋府城	· 蕭文 著	109.11	250 元
60	台江大海翁	· 黃徙 著	109.11	280 元
61	南國囡仔	· 林益彰 著	109.11	260 元
62	火種	· 吳嘉芬 著	109.11	220 元
63	臺灣地方文學獎考察 ——以南瀛文學獎為主要觀察對象	· 葉姿吟 著	109.11	220 元
●第十輯				
64	素朴の心	· 張良澤 著	110.05	320 元
65	電波聲外文思漾 ——黃鑑村（青釗）文學作品暨研究集	· 顧振輝 著	110.05	450 元
66	記持開始食餌	· 柯柏榮 著	110.05	380 元
67	月落胭脂巷	· 小城綾子（連鈺慧）著	110.05	320 元
68	亂世英雄傾國淚	· 陳崇民 著	110.05	420 元